AF399507

Nemi

Göran Rova

Förlag: BoD – Books on Demand, Stockholm, Sverige
Tryck: BoD – Books on Demand, Norderstedt, Tyskland
ISBN: 978-91-7699-430-6

Till Pallas Athena

Förord

S taden och dess beskrivna miljöer, författarens
och jagets födelse och barndomsstad är högst
verklig. Alla bosatta i staden kommer omedelbart
att känna igen den, liksom de flesta som någon
gång besökt den.
Av alla nämnda personer är i alla fall författaren
fortfarande i livet. Hur det är med övrigt
förekommande namngivna människor är och bör
förbli höljt i dunkel.
Bäst så!

Nemi

Mitten av november. Temperaturen runt 5 plus och en irriterande råkall vind. Då och då någon regnskur. Mörkret och diset hade lagt sig som ett skynke över staden. Gatlyktornas sken spreds ut av dimman till oformliga suddiga bollar.

Måendet var inget vidare. Ensamhet och tristess efter skilsmässan 2 år tidigare, suget efter alkohol och detta förbannade väder. Jag körde omkring som någon sorts terapi. Oro och rastlöshet. Genom att delta i terapi på ett behandlingshem för missbrukare, hade jag lyckats behålla mitt arbete. Sista chansen innan avgrunden. Jag hade nyss fyllt 40 år men det kändes som jag var 80.

Det var en sen kväll och vägbanan våt, med utspridda nedblåsta bruna och gula löv. Jag hade kört runt i staden, utan mål. Från bostaden i närheten av det gamla bryggeriet som nu var verkstadsskola, Dalgatan ner, sedan höger på in på Storgatan ner till Skolallen, vänster över Storbron, vänster igen strax före idrottsarenan in på Universitetsallen som jag följt fram till Åkroken.

Där gör ån en kraftig böj och rinner norrut en kort
sträcka, vänder söderut för att därefter återgå till
sitt lopp österut, ut i Bottenhavet. Tvärs över ån
kunde jag se högskolan. Där låg tidigare det gamla
barnhemmet där jag tvingats bo som barn. Nu
stängt och rivet tack och lov. Tunga svarta minnen.

Längtan efter mamma. Det kärleksfattiga umgänget
med de unga flickorna som utgjorde personalen
och som vi betraktade som vuxna. Den frireligiösa
föreståndarinnans diktatoriska regim. Stenhård
disciplin. Enformig mat med gröt och välling som
huvudsaklig föda. Tvånget att gå i söndagsskola och
delta i den frikyrkliga barnverksamheten.
Jag revolterade och det fick konsekvenser,
obehagliga sådana. Det var länge sedan nu, men
minnena var fortfarande till stora delar
skrämmande klara.

Efter Åkroken svängde jag vänster igen över Västra
Bron i Storgatans förlängning, fram till
verkstadsskolan. Varvet var fullbordat.

Istället för att åka hem fortsatte jag vägen söderut
mellan verkstadsskolan och bäcken som mynnade
ut i ån vid platsen som rätt och slätt heter Åkanten.
På vänster sida av vägen, före järnvägen, passerade
jag ”tippen”, det område vi ungar från
barnrikehusen lekte på för många år sedan. Jag
tänkte på de stora höga vedtravarna,
beredskapslager från kriget, med meterlång ved, där
vi lekte. Livsfarliga lekar då travarnas stöd i ändarna

var murkna så att allt hotade att kollapsa när som
helst.
Suddiga minnen av barndomen. Lycklig tid? Jag
minns inte. Hungern var alltid närvarande. Det
minns jag.
På tippen ligger nu en skola.

När jag längre upp efter vägen precis kört förbi
sjön med det deprimerande gamla mentalsjukhuset
tvärsöver, en av Sveriges rättspsykiatriska kliniker,
kom en rysning av obehag och en lätt panikartad
känsla av ångest över mig.
Jag hade besökt Hispan som det kallades i folkmun,
en gång. Det var när jag följde min sista kompis dit,
Berra, då han började uppleva att han antastades av
insekter och djävulsfigurer. När han såg sin sedan 5
år döda hustru genom glasrutan i luckan på
tvättmaskinen, lyckades jag övertala honom att följa
med till akutintaget på Hispan, med förhoppning
att han skulle ges något lugnande. I stället ville dom
lägga in honom, först för avgiftning och sedan för
vård.

En "olycklig" tipsvinst hade gett honom möjlighet
att supa till ordentligt. Efter att ha krökat oerhört i
sex veckors tid kunde han inte längre vare sig äta
eller dricka, med svåra abstinenssymptom som
följd.
När jag kom hem till honom var han i mycket
dåligt skick. Sittandes framför den gående
tvättmaskinen stirrade han in genom luckans
glasfönster.

”Va fan, håller du på att tvätta?”

”Ja. Sängen var full av skalbaggar och spindlar. Jag måste tvätta lakanen.”

”Jaha. Tror du dom försvinner då?”

”Fan vad jag mår tjyvtjockt! Det är klart att dom försvinner om man tvättar bort dom.”

”Uppriktig sagt Berra, så tror jag inte det. Det är nog inte på lakanen dom finns. Snarare inne i ditt huvud.”

”Schh. Tyst nu är hon där igen.”

”Vem?”

”Maggan, min fru.”

”Maggan. Inne i tvättmaskinen?”

”Ja. Jag tror hon försöker säga något.”

”För i helvete Berra! Hon har ju varit död i fem år. Du håller ju på att få dille.”

”Hon är där inne. Jag har sett henne flera gånger.”

”Peta i dig en rackabajsare innan det slår slint för dig. Sen åker vi upp på psyket. Har du något brännvin hemma?”

”Vodka, men jag får inte i mig något. Det kommer upp direkt.”

”Berra! Vi kan väl åka upp till sjukhuset. Dom kan fixa så att du mår bättre. Du ser ju ut som du blivit överkörd av tåget.”

”Om det ändå hade varit så väl.” Nu grät han.

”Sätt på dig dojorna så åker vi.”

”Men Maggan då?”

”Hon är nog kvar när du kommer tillbaka.”

För att han skulle hålla sig lugn fick jag följa med honom tillsammans med två personer ur personalen, till det avgiftningsrum där han skulle ligga de första dygnen.

Sjukhuset var gammalt, byggt av sten i början på 1900-talet. Gulrappat på utsidan, tre våningar med metertjocka väggar. Mörka korridorer med trappor och golv utav mörk marmor. Alla fönster var gallerförsedda. Huset hade använts som sinnessjukhus från begynnelsen. Trappstegen var gropiga, urholkade av otaliga fötter på olyckliga människor. Ledstängerna var polerade sammetslena av tusentals händer. Man kunde känna vansinnet. Det satt inpyrt i väggarna. Det omslöt en som en kvävande osynlig ond kraft, en väv av skräck, fasa och lidande.

Precis när vi kommit upp till avgiftningen slog dillet till och demonerna gick till anfall. Med ett vrål tog Berra en av vårdarna och kastade honom flera meter längs korridoren. Därefter slet han loss ett av de inmurade gallren från ett fönster och gick till anfall mot mig och den andra vårdaren. Det var bara att springa för livet och hoppas att inga låsta dörrar fanns i vår väg. Vårdaren och jag lyckades, tack och lov, ta oss ut från avdelningen och låsa dörren.

Berra vände om och gick åter till anfall mot den svårt skadade vårdaren som han tidigare kastat. Denna var precis i färd med att försöka resa sig när Berra, med gallret som vapen, slog ihjäl honom.

Han gick sedan bärsärkagång i korridoren. Vrålande
som en skadeskjuten elefant slogs han desperat mot
de monster som attackerade honom.

Innan personal med skyddsutrustning och läkare
med sprutor innehållande lugnande medel samlats,
så dog Berra av hjärnblödning p.g.a. högt blodtryck
orsakat av Delirium Tremens, fylldille.
Jag ville aldrig se Hispan från insidan igen!

Jag rös ännu en gång och tryckte på gasen för
komma därifrån då plötsligt något ljust dök upp
framför strålkastarna. Panikbromsning. De
låsningsfria bromsarna smattrade som en kulspruta.
Jag förbannade de mjuka dubbfria vinterdäcken
som var det sämsta man kunde ha på våt asfalt.

Bilen stannade efter ändlösa sekunder ett par meter
från en helt naken ung kvinna. Motorn
tjuvstannade. Hon stod lugnt mitt i vägen och hade
inte, vad jag kunnat se, gjort någon ansats att kasta
sig undan. Min puls var säker uppe i 200 och hela
kroppen skakade. Dock hade jag sinnesnärvaro nog
att trycka på centrallåsningen så att samtliga dörrar
låstes.
*Vad var detta? Ett knep för att få mig att stanna, så att
hennes medhjälpare skulle kunna springa ut ur skogen och
råna mig?*
Förvirrade tankar.

Jag såg mig omkring men såg inget misstänkt, men
det var ju ganska mörkt.

Det enda ljuset kom från bilens strålkastare, så man
kunde inte se mycket bakåt eller åt sidorna av bilen.
Flickan gick fram till förardörren och jag körde ner
sidorutan så att bara en liten springa öppnades.
Med behaglig och alldeles lugn röst sa hon,
    ”Kan jag få åka med?”
Trots att det blåste småspik och var svinkallt, såg
hon inte ut att frysa.
När jag precis var på väg att starta motorn för att
köra därifrån hörde jag mig själv säga,
    ”Gå runt till andra sidan och hoppa in.”
Då hon kommit runt bilen låste jag upp dörren på
passagerarsidan. Hon steg in, varefter jag snabbt
låste igen. Rädd för att någon eller några skulle
komma ut ur skogen och försöka överfalla oss,
körde jag snabbt iväg. När jag konstaterat att vi inte
var förföljda, stannade jag vid vägkanten närmare
staden. Efter att ha tänt innerbelysningen tittade jag
närmare på min passagerare.

Hon var i 30 till 40 årsåldern. Kring 1,70 cm lång.
Halvlångt mörkblont hår, lite mörkare på skötet.
Brösten välformade och lagom stora att rymmas i
min öppna hand. Blå-bruna ögon. Ansiktet
barnsligt rundat. Välformad kropp, lite mot det
mulligare hållet. Ingen anorektiker. Normalt vacker.

    ”Vänta. Jag har lite kläder i bagageluckan.”
Jag tog nycklarna ur tändningslåset, steg ur bilen,
gick fram till bakluckan och öppnade den. Där
fanns ett par blå jeans, en sliten bomullströja och
ett par gummistövlar. Min skogsutrustning.

Jag hade börjat plocka svamp igen för att komma ut i skogen som en del i försöken att lindra min rastlöshet. Stillheten i skogen skänkte mig ett behagligt lugn. Men nu var den tiden snart förbi. *Förbannade vinter!*

Kläderna var naturligtvis för stora för henne, men hon steg ur bilen och satte på sig dom. Det såg faktiskt ganska dråpligt ut. Speciellt stövlarna ville inte hänga med, utan hon var nära att tappa dom för varje steg.

När vi satt oss i bilen igen började jag fundera, *vad är det egentligen som händer.* Kvinnan satt tyst. Hennes min var helt neutral, som om situationen var helt normal.

"Varför är du ute naken mitt i natten, ute i skogen?"

"Jag simmade i sjön och sedan kunde jag inte hitta mina kläder."

"Badade du? Det är ju jättekallt ute."

"Det är varmare i vattnet än i luften."

"Vad heter du?"

"Nemi."

Hon svarade med en antydan till leende.

"Ovanligt namn."

"Det är förkortning av Nemesis."

Jag hade hört det namnet tidigare, men kunde inte komma ihåg i vilket sammanhang.

"Fryser du?"

"Nej."

Hon verkade inte direkt talträngd, men inte heller avvisande.

"Bor du i närheten?"

"Nej."

"Vart vill du ha skjuts?"

"Det vet jag inte. Jag har ingenstans att ta vägen."

"Har du ingen bekant som jag kan skjutsa dig till?"

"Inte här i närheten."

"Var hade du tänkt tillbringa natten? Du måste ju ha funderat över det innan du fick för dig att bada."

"Jag hoppades träffa någon som jag kunde få sova hos."

"För en ung flicka kan det vara farligt att hoppa in i en bil med en okänd man. Speciellt om hon är naken."

"Du ser inte farlig ut."

"Det kunde ha kommit någon annan. Dessutom kan man inte avgöra på utseendet om en person är farlig eller inte."

"Förstås, men du skrämmer mig inte."

Jag började bli fysiskt medveten om att det satt en vacker nästan naken flicka på sätet bredvid mig och det pirrade till i kroppen. Det var ju inte i går som jag hade intimt umgänge med en kvinna. Det var faktiskt ett helt år sedan och det hade inte varit lyckat. I själva verket hade det varit ett totalt misslyckande. Som att kyssa sin syster som man brukar säga.

"Du kan få sova hos mig i natt", sa jag med vissa baktankar, samtidigt som jag insåg det absurda i situationen.

"Tack", med ett leende.

Jag körde hem till min lägenhet på Västermalm, som jag lyckats behålla trots två varningar för störande uppträdande, från bostadsrättsföreningens styrelse. Droppen för föreningen kom när jag i fyllan slog en av grannarna på käften. Kan jag bara hålla mig nykter så blir jag inte vräkt, och lägenheten tvångsförsåld, intalade jag mig. Att bli vräkt två gånger från samma bostad vore genant. Jag hade bott i precis samma lägenhet som barn, innan familjen vräktes på grund av utebliven hyresbetalning, så att jag och mina systrar hamnade på barnhemmet.

När fastigheten omvandlades till bostadsrätter för några år sedan, lyckades jag köpa just min barndomslägenhet. Varför jag ville tillbaka till just den begrep jag inte själv. Minnena från barndomen var inte precis ljusa.

Lägenheten låg på tredje våningens gavel och bestod av två och ett halvt rum med kök. Ett sovrum med dubbelsäng och en väggfast garderob. I vardagsrummet, en brun skinnsoffa och två likaledes bruna skinnfåtöljer samt ett soffbord. Vidare fanns där ett skrivbord med en kontorsstol framför. På skrivbordet stod en gammal dator. Ena vardagsrumsväggen täcktes helt av en bokhylla.

Halvrummet som gränsade till köket tjänstgjorde som matsal. Där stod ett matbord och fyra pinnstolar. En väggfast hylla för porslin satt på ena väggen. Köket var litet och omöblerat. Spis, diskbänk, minimal arbetsbänk med mikro, bänkdiskmaskin och kaffebryggare. Från matsalen hade man fri sikt in till större delen av köket. Endast en halvvägg skilde rummen åt. Badrummet låg rakt fram i hallens förlängning och var utrustat med en duschkabin i stället för badkar.

Huset var ett tidigare hyreshus, tre våningar med två ingångar och två lägenheter på varje plan och ingång. Det var byggt som ett så kallat barnrikehus för fattiga familjer med många barn, någon gång på 1940-talet men renoverat sedan dess.

Efter att ha parkerat på gården gick vi upp för trapporna och in i min lägenhet. Nemi var tvungen att ta av sig stövlarna i trappan och gick barfota hållandes ihop byxorna i midjan med handen eftersom de annars hasade ner. Jag återbördade stövlarna till bilens bagageutrymme.

När vi kommit upp till lägenheten frågade jag,
   "Är du hungrig?"
   "Ja."
   "Du kan duscha därinne för att få upp lite värme."
Jag pekade på badrummet.

”Det hänger en ren handduk på insidan av
dörren. Flytande tvål och schampo finns i
gallerhyllan i duschkabinen.”
Leende, ”Tack”.

Hon släppte byxorna, som genast hasade ner till
golvet och drog av sig tröjan. Helt naken och utan
att göra sig någon brådska klev hon in i badrummet
medan jag stirrade på henne.
När jag fick en skymt av de mjukt rundade brösten
och den mörka triangeln mellan hennes ben spratt
det till i skrevet. En pirrande förväntan spred sig
från mitt kön till hela kroppen.
Jag hörde henne duscha medan jag brassade bacon
och ägg.

När Nemi steg ut ur badrummet var hon
fortfarande naken. Hon verkade inte det minsta
generad. Ett närmast roat leende vilade över hennes
ansikte.
Medan jag betraktade henne så förändrades hon.
Skräckslagen betraktade jag det som skedde inför
mina ögon. Hennes längd ökade till omkring
hundraåttio centimeter. Håret blev kortare och
blondare. Ansiktet antog mer utmejslade vuxnare
drag medan behåringen på skötet ljusnade och
tunnades ut så man nu kunde se blygden under den
lätt putande magen. Brösten som grapefrukt med
uppnästa bröstvårtor. Under hullet kunde man ana
smidiga muskler, men dom var inte framträdande
på något vis. Höfterna blev bredare och midjans

mjuka kurva blev markantare. Ögonfärgen gick över mot grönt.

Det snurrade till i skallen av misstro och rädsla. *Vad händer? Det hela måste vara inbillning.* Det var lite skumt i hallen där hon stod och det hade det varit i bilen också. Fortfarande led jag av syner ibland, på grund av sena abstinenssymptom, även om detta avtagit den senaste tiden. Det måste vara förklaringen. Jag såg i syne! Jag stirrade. Nemi var helt klart mycket vacker. Oron i skrevet och kroppen blev påtagligare.

"Jag heter Göran", sa jag mest för att bryta min egen förvirring.

"Jag vet."

Hur kunde hon veta det? Jag hade inte nämnt mitt namn tidigare. Eller hade jag det? Jag blev osäker och lät det hela bero.

"Det finns en del kläder i sovrummet som min fru lämnade efter sig när hon flyttade. Du kan se om det finns något som passar dig."

"Tack."

Hon försvann in i sovrummet.

Iklädd en brun byxdress som min före detta fru fått i present av mig och som hon tydligen inte gillat eftersom hon nästan aldrig burit den, kom Nemi ut i köket. Den klädde henne verkligen.

"Var så god."

Jag gjorde en gest mot matbordet i matrummet och hon satte sig.

I två stekpannor som jag ställt på bordet med underlägg under, fanns, i den ena, fyra stekta ägg, och i den andra ett paket uppstekt bacon.
Till detta fanns också vitt bröd med Bregott.
Vanligt vatten utgjorde måltidsdryck.
Vi åt under tystnad medan jag funderade över vad som egentligen hände och vad jag skulle ställa för frågor.
   ”Jättegott, jag var verkligen hungrig.”
Hon såg belåten ut.

Efter maten när jag ställt in porslinet i den lilla bänkdiskmaskinen på köksbänken, satte vi oss i vardagsrummet. Nyfikenheten hade växt inom mig. Samtidigt visste jag inte hur mycket jag skulle våga fråga. Som sagt, Nemi var inte något verbalt vattenfall så jag beslutade att skjuta upp frågandet till dan därpå för att inte skapa obehaglig stämning. Hur vi skulle sova var dock ett naturligt samtalsämne.
   ”Vi måste bestämma hur vi skall sova”, inledde jag.
   ”Ja.”
   ”Tyvärr har jag bara en säng men den är bred, en dubbelsäng.”
   ”Jag kan sova på soffan”, föreslog hon.
   ”Vi kan sova på varsin sida i samma säng.”
Jag hade vissa förhoppningar.
Hon verkade tycka att det var helt OK.
   ”Det går bra för mig!”

"Det finns bara en madrass och ett brett täcke så
vi får samsas om sängkläderna."
"Det går nog bra, jag behöver inte så stor plats."
Nemi log mjukt. Hon var oerhört vacker när hon
log.
"Ok! Det finns nog en pyjamas åt dig
någonstans."
"Jag sover alltid naken."
"Det gör jag också normalt."
Jag visade henne var det fanns en ny tandborste,
tandkräm och även ett paket bindor som mitt ex.
lämnat. Hon nickade att hon förstått. Jag lämnade
henne att göra kvällstoalett.
När Nemi var klar i badrummet försvann hon in i
sovrummet.

Efter att ha borstat tänderna och tömt blåsan, gick
jag in i sängkammaren där Nemi redan lagt sig, på
den sida av sängen som jag normalt ligger på. Trots
det absurda i hela situationen kände jag en lätt
irritation. Hon sov redan.
När jag la mig naken på motsatt sida av sängen lyfte
jag lite extra på täcket. Jodå hon var också naken
men låg med ryggen mot mig.

Sömnen ville inte infinna sig och närvaron av en
varm kvinnas kropp bara en armslängd ifrån mig
gjorde det inte lättare att träda in i hypnos rike.
Oron i könet och kroppen ville inte ge med sig.
Nemi var ju inte ett dugg generad av sin nakenhet
men verkade inte heller medveten om den verkan
den kan ha på vissa andra människor, eller så

brydde hon sig inte. Någon som helst invit till
intimiteter hade hon dock inte gett. Hon uppträdde
helt chosefritt.

Efter att ha legat sömnlös, som jag tyckte halva
natten, sträckte jag ut en hand och smekte henne på
ryggen. Reaktionen blev våldsam. Som en tiger
kastade hon sig över mig. Tänderna var blottade,
munnen vidöppen redo för hugg och ögonen lyste
som gröna laserstålar samtidigt som ett djupt dovt
morrande fick hela rummet att vibrera. Medan hon
böjde mitt huvud bakåt och blottade min strupe
lyckades jag full av fasa skrika, "Förlåt! Det var inte
meningen. Jag drömde."
Vid mina ord hejdade hon sig med munnen en
decimeter från min hals. Saliven rann i hennes
mungipor. Jag har aldrig tidigare känt en sådan
fasansfull skräck.
Hennes ansikte återgick till det normala och hon
släppte mig och återvände till sin sänghalva. Med
lugn behaglig röst, som ingenting hänt sa hon,
   "Jag tål inte att någon tar på mig. I alla fall om jag
inte vet om det", varefter hon rullade över så att
hon åter låg med ryggen åt mitt håll. Nästan direkt
hördes ett lugnt snusande. Hon somnade på mindre
än en minut.
Händelsen förbättrade inte min nattsömn.

Så småningom gled jag in i någon sorts dvala
medan jag som i en annan värld hörde sirener som
började tjuta samtidigt som ett blått varierande ljus
från saftblandare kastades mot gardinerna. Flera

utryckningsfordon, ett stort pådrag tydligen.
Kanske brann det någonstans.

När jag vaknade av väckarklockan 6.30 på
morgonen dagen efter, tänkte jag på vilken
obehaglig och skrämmande dröm jag hade haft
under natten. Mardrömmar hörde till vanligheterna
under den här perioden av mitt liv så jag var inte
särskilt förvånad.
Men den här var särskilt fasansfull. Nästan dödad
av en okänd kvinna.

När jag vred mig av obehag över drömmen, kände
jag att sängen var våt av kallsvett. En rysning av
olust och kyla genomströmmade mig.
Då upptäckte jag att jag låg på fel halva av sängen.
Obehagskänslan blev starkare. Med utsträckt arm
kände jag efter på den andra sänghalvan. Den var
tom, men uppenbarligen hade någon nyss sovit där.
Lakanet var tillskrynklat och värmen efter en kropp
kändes tydligt. Rädslan eller snarare skräcken fick
min kropp att började darra och minnet av
gårdagens händelser började återvända.
Det hade inte varit någon dröm!
Någon rumsterade i badrummet och jag förstod att
uppenbarelsen från igår, Nemi tigrinnan, verkligen
existerade och uppenbarligen gjorde morgontoalett.

Ett tvingande behov att lätta på vätsketrycket
gjorde att jag steg upp och utan att knacka, på
darrande ben gick in i badrummet, naken.

Nemi var klädd i byxdressen från i går och hade som det verkade precis borstat tänderna. Hon gav mig ett varmt leende och tittade sedan nyfiket på, med en lätt road min, när jag med en kraftig stråle som orsakade ett ljudligt skval tömde blåsan i toalettstolen. Efter att ha torkat av ollonspetsen med lite papper för att inte drälla på golvet, klev jag in i duschkabinen som var gjord av klart genomskinligt plexiglas. Medan det ljumma vattnet strömmade ner över min kropp kom tankarna på vad som utspelade sig.

Nemi är alltså verklig, men inte den kelsjuka pussycat som jag hoppats på, utan snarare en oförutsägbar tigrinna som när som helst kan gå till anfall. Nu är jag i alla fall beredd och måste få henne ut ur huset. Men just nu verkar hon tack och lov helt harmlös.

Nemi hade satt sig på locket till toalettstolen och tittat med verkligt intresse på medan jag tvättade håret och övriga delar av min 90 kg tunga och 188 cm långa kropp. Ingen av oss hade hittills sagt ett ord.

"Har du inte sett en naken karl förut?"
Jag var lätt generad av den intensiva uppmärksamheten.

"Nej. Faktiskt inte. Inte i verkligheten. Bara på bild." Hon visade ett brett leende.
Helt ställd visste jag inte vad jag skulle säga.

"Det är första gången jag ser en levande man naken. Jag tycker att det är spännande och vackert. Det påverkar mig", fortsatte hon fortfarande leende.

”Du har alltså inte haft sex med någon man?”

”Inte med någon kvinna heller. Jag klarar ju inte av att någon rör vid mig.”

Nu var leendet borta. Minen uttryckte närmast besvikelse.

”Har du aldrig haft sex överhuvudtaget?”

Jag var överraskad.

”Jag onanerar i bland. Ganska ofta faktiskt. Det tycker jag om.”

Glatt leende igen.

Förvånad över den oblyga uppriktigheten undrade jag försiktigt

”Du vet vad samlag är?”

”Ja. Jag har läst om det och sett bilder. Jag läser väldigt mycket.”

Hon kan inte vara så farlig när allt kommer omkring. Minnet av det som hände i natt var säkert förvridet. En blandning av dröm och verklighet. Hon hade avvisat mig, men hade hon verkligen anfallit och tänkt skada mig? Så mjuk och varmt förtroendefull som hon verkade. Jag måste ha inbillat mig det mesta i mitt halvsovande tillstånd.

”Vart skall du ta vägen nu?”

Med vädjande ansiktsuttryck ”Jag hoppas få stanna här hos dig”.

Jag såg på henne. Om hennes ögonfärg var blå-brun eller grön var svårt att avgöra. Nemis ögon mötte mina. Hennes blick programmerade mig, och mot bättre vetande svarade jag, ”Javisst. Du kan stanna några dagar.”

”Tack.”

Efter en gemensam frukost bestående av kokt ägg, rostat bröd och filmjölk med mussli, förklarade jag för henne, "Nu måste jag åka till mitt arbete. Du får klara dig på egen hand så länge. Jag kommer vid sextiden i kväll. Det hänger en reservnyckel till höger om ytterdörren om du vill gå ut. Blir du hungrig kan du ta något ur kylskåpet och laga till."

"Jag har aldrig lagat mat."
Det tog någon sekund innan jag fattade vad hon sagt.
"Det ligger en kokbok bredvid spisen som du kan använda."
"Jag vet. Jag har läst den. Jag läser väldigt mycket."
"Okej. Hejdå vi ses i kväll."
Hon följde med mig ut i hallen.
"Hejdå", med ett intagande mjukt varmt leende.

Jag var inte rädd att hon skulle stjäla något och försvinna. Jag hade inget att stjäla. En lätt oro infann sig dock när jag kom att tänka på den lilla halvautomatiska pistolen, en Beretta, som låg gömd bakom ventilen i sovrummet. Den hittar hon aldrig, lugnade jag mig med.

Pistolen hade jag skaffat under min mest paranoida period av missbruket. Jag hade köpt den av en knarkare i stan som var i desperat behov av pengar till en sil. Det var drygt ett år sedan nu och den tid när jag knappt vågade sova i rädsla för något eller någon, oklart för vad eller vem. Den tid när jag

staplade kassar med tomma ölburkar innanför
ytterdörren för att vakna av dessas skrammel om
någon försökte smyga sig in under natten för att
överfalla mig.

25

Hispanmordet

Ute på gården mötte jag några poliser. Den ena frågade, "Har du sett eller hört något misstänkt i går kväll eller i natt"?

Det klack till i mig. *Nemi!*

Men så fortsatte han, "Förmodligen letar vi efter en kraftig typ, troligen en man. Möjligen bär han också blodiga kläder."

"Vad har hänt?"

"Vi kan inte gå in på några detaljer. Men det tycks ha inträffat ett olycksfall eller våldsdåd i närheten, vid mentalsjukhuset. Vi tror att möjligen en person, okänt vilken, saknas."

"Jag har inte sett något och det enda jag hört är era sirener."

"Bor ni ensam här?"

"Ja i normala fall, men just nu har jag besök av en kvinna."

"Skulle vi få titta till er lägenhet för säkerhets skull?"

"Ok. Det går bra. Hoppas att Nemi är klädd."

"Nemi? Underligt namn. Är det er flickvän?"

"Någonting ditåt."

När jag och de två polismännen klev in i lägenheten
satt Nemi i en fåtölj och läste. Hon var fortfarande
iklädd byxdressen. Hon tittade intresserat upp från
boken och log mot polismännen. Den ena av dem
gick runt och tittade. När han fick syn på den
obäddade tillrörda sängen flinade han menande.

"Ok. Tack för att vi fick titta. Vi går igenom alla
lägenheter i området så ni behöver inte känna er
utpekade."

"Jag hör av mig om jag ser något misstänkt", sa
jag medan vi gick nedför trappan.

Efter att ha tittade i baggageutrymmet och baksätet
innan jag satte mig i bilen, jag ville inte bli utsatt för
någon vettvilling, åkte jag till jobbet.
Stan var full av polisbilar, målade och civila som
åkte omkring på gatorna. På villatomter och gårdar
sågs poliser leta igenom uthus, vedbodar, soprum
och källare. Alla var tungt beväpnade. *Tycks vara
allvarligt.*

På jobbet gick vilda rykten blandade med skvaller
och mer eller mindre underbyggda teorier om vad
som hänt. Mot kvällen tycktes det klarna något och
flera av ryktena blev mer samstämmiga.

En arbetskamrat, vars fru jobbade på Hispan och
varit med om att upptäcka vad som hänt, kunde
rapportera.

"Ni får inte säga att jag sagt något. Min fru har
tystnadsplikt, men hon har berättat för mig.

Vid 22.00-tiden i går kväll anträffades en vårdare på 'stormen', den slutna avdelningen, död i korridoren. Han var naken så när som på kalsongerna. Det makabra var att han fått strupen uppsliten som av ett vilddjur."

Senare kom nya rykten och läckta fakta. Övervakningskamerorna i korridoren tycks inte ha fungerat vid tillfället utan bara visat 'myrornas krig'. Ljudinspelningen hade dock fungerat och ljudet hade fått de mest förhärdade utredarna att rysa. Vårdarens skrik av dödsångest och fasa blandade sig med ett ljud, liknande en vargflock, som anfaller ett större byte.
Underligt var också att alla dörrar var låsta så ingen borde ha kunnat lämna avdelningen. Vårdarens nycklar, pepparspray och elbatong låg kvar i korridoren. Och sjukhusets loggsystem, som registrerade alla dörröppningar och låsningar, visade att inga dörrar till avdelningen öppnats eller stängts under den aktuella tiden.

Polishundarna, som till en början vägrat spåra om dom inte var i flock och tätt följda av sina förare, kunde så småningom följa tydliga spår från avdelningen ut på sjukhusgården fram till den 6 meter höga taggtrådskrönta muren.
Spåren fortsatte på andra sidan muren trots att den var intakt, vidare ner mot sjön som låg i närheten. Vid sjöstranden påträffades en hög blodiga kläder av samma typ som patienterna på hispan bär.

Ännu underligare blir det hela när man efter flera noggranna kontroller kan konstatera att ingen patient eller anställd saknas. Teorierna om vad som egentligen hänt var många, men igen kunde ge någon rimlig förklaring.

Inspelningen från den yttre övervakningskameran visade utav någon anledning inte gården och muren som omger sjukhuset utan Sylvester Stallone som Rambo i First Blood. Det visade sig senare att vakten som övervakade sjukhusets monitorer hade långtråkigt och därför tagit med sig en DVD - skiva med en film och på något sätt hade han fått monitorn att visa filmen i stället för omgivningarna. Vakten var nu avskedad.

En massa skvaller och rykten började cirkulera. Det ena mer fantasifullt än det andra.

En teori: Någon okänd hade utifrån tagit sig in, begått dådet och sedan flytt ner till sjön och där tvättat av sig blodet och försvunnit. Kanske drunknat i sjön. Draggningar pågick.
Anses dock osannolikt att utifrån ta sig förbi alla säkerhetsanordningar och komma in på stormen. Här sitter ju flera av landets farligaste individer och säkerhet mot intrång eller fritagningsförsök är extremt hög. "Stormen" anses också helt rymningssäker.

En annan teori: En intagen har lyckats ta sig ut ur sitt rum, anfallit och dödat vårdaren, tagit sig ut med vårdarens nycklar och sedan ner till sjön för att tvättat av sig. Därefter satt på sig nya sjukhuskläder som vederbörande haft med sig, och sedan återvänt till sjukhuset. Där hade vederbörande lämnat nycklarna vid vårdaren och sedan återvänt till sitt rum.

Kruxet är bara att det elektroniska övervakningssystemet visar alla rumsdörrar varit låsta och inte öppnats sedan visitationen som inträffade klockan 21.00. Då allt var normalt. Rumsdörrarna är helt släta på insidan och kan bara öppnas utifrån. Till yttermera visso visade övervakningskamerorna, som fungerade fram till klockan 21.55 att korridoren var tom tills dess, förutom den mördade vårdaren som då fortfarande levde. Denne verkade då inte orolig på något sätt.

Alla intagna och all personal på hela sjukhuset kontrolleras och man letar spår och fastställer var de befann sig vid den aktuella tidpunkten. Detta arbete väntas inte bli klart förrän om några dagar. Patienterna på stormen är kollade och avförda. Alla finns på plats. Inga blodspår i något rum och inga dörröppningar eller stängningar finns registrerade under kvällen och natten.

Nemesis

Jag kom hem strax efter klockan sex på eftermiddagen. Nemi mötte mig leende med ett varmt,

"Välkommen hem".

Det kändes bra att välkomnas av människa, i stället för att komma hem till en tom lägenhet.

"Tack! Vad har du gjort under dan, när du varit ensam?"

"Läst. Jag läser väldigt mycket."

Hon hade hittat lite andra kläder, efter min före detta fru, som passade. Nu var hon klädd i en ganska vid löst sittande röd klänning som gick ner till strax ovanför knäna. Den klädde henne utmärkt, men dolde också effektivt hennes former vilket var bra för min koncentrationsförmåga. På fötterna bar hon ett par bättre begagnade gymnastikskor. Även dessa var kvarlämnade av Petra, min exfru.

Undrar om hon hittat korgen med trosor som finns i en av garderoberna?

"Har du hittat några underkläder?"

"Ja, trosor i en garderob. Ingen Bh, men jag behöver ingen."

Nej det behöver du inte. Det är vackert att ana dina bara brösts gungande rörelser under klänningen.
"Och dom passade?"
"Ja."
"Bra."

Efter att ha skrämt upp något som jag inhandlat på hemvägen och som påstods vara fiskgratäng, i mikron, bryggde jag kaffe och frågade Nemi om hon ville ha.

"Jag får inte dricka kaffe. Det påverkar mig."
"Vill du ha något godis eller en kaka?"
"Jag får inte äta godis. Färgämnena påverkar mig. Det är likadant med socker."
Hon var sakligt allvarlig utan att verka besviken. Personer som diagnostiserats med någon bokstavskombination mådde inte bra av godis och socker, det hade jag hört, så jag frågade inte mer. Jag anade en förklaring till hennes annorlunda beteende och aggressivitet vid den nattliga beröringen.

Nemi tog ett glas filmjölk och jag mitt kaffe varefter vi satte oss i vardagsrummet. Hon satte sig i soffan och drog upp benen under sig. En ställning som jag tycker verka obekväm men som jag noterat att många kvinnor använder när de är avslappnade. Själv slog jag mig ner i en av fåtöljerna.

Ena långväggen i rummet täcktes av bokhyllan. Den hade över 500 volymer, allt från deckare till populärvetenskapliga och en del facklitteratur.

Jag pekade på hyllan, "Här finns en massa böcker
som du kan låna och läsa om du vill".

"Dom flesta har jag läst. Jag läser väldigt
mycket." Hon var helt allvarlig.

"Verkligen", sa jag lite skeptiskt. "Det finns ett
uppslagsverk i 25 band. Det har du väl inte läst i
alla fall?"

"Jodå. Jag läser väldigt mycket." Fortfarande
allvarlig.

Någon sorts bokstavskombination är hon uppenbarligen.

"Gillar du musik?"

"Ja."

"Vilken sort?"

"Beatles, Mozart, Beethoven."

Hon satt fortfarande hopkrupen i soffan med
benen under sig men intog nu en ännu mer
avslappnad halvliggande ställning.

Jag satte på Beethovens femma och försökte sedan
försiktigt fråga ut henne.

"Nemi, var kommer du ifrån?"

Hon såg förvånad ut.

"Det vet du ju. Du hämtade mig med din bil."

"Hämtade?"

"Ja."

"Jag lät dig åka med när du stod naken, mitt på
vägen, mitt i natten. Det är inte precis att hämta!"

"Jag visste att du skulle komma."

"Du kan inte ha vetat att precis <u>jag</u> skulle
komma."

"Jag visste att någon skulle komma och det var
<u>du</u>." Hon log brett och varmt.

Osäker på hur jag skulle tolka svaret frågade jag,
   "Nemi, var bor du"?
Återigen förvånat, "Här".
   "Just nu ja, men var bor du i vanliga fall?"
En viss osäkerhet kunde anas när hon svarade,
   "Just nu har jag ingen fast bostad utan har flyttat
runt och bott hos vänner. Jag hoppas få stanna här
hos dig." Nu log hon mer tveksamt.
Hennes uppträdande var klart avvikande från det
jag var van vid i umgänget med andra "normala"
människor. Jag insåg att jag borde be henne flytta
direkt. Men då hennes blick mötte min, kände jag
mig helt maktlös.
   "Du får stanna en tid tills du hittar något eget".
Hon såg besviken ut men sa, "Tack".
   "Varför är du här i stan just nu?"
   "Jag besökte och bodde hos en vän, men det går
inte längre."
   "Jasså, varför inte?"
   "Hon dog."
   "Dog? Hur då?"
   "Hon drunknade."
Hennes min var helt neutral. Inga tecken till sorg.
Fylld av skräckfyllda onda aningar.
   "Simmade hon med dig i sjön?"
   "Nej då. Hon skulle kanske ha gjort det om hon
levt. Hon drunknade i ån för två dagar sen."
   "Å jag är ledsen. Har man hittat kroppen?"
   "Du behöver inte vara ledsen. Det är inte ditt
fel." Hon var allvarlig men fortfarande inget tecken
till sorg.

”Jag har inte hört om någon drunkning. Har man hittat henne?”

”Man har inte letat vad jag vet. Jag tror inte någon mer än jag känner till det.”

”Men Nemi! Myndigheterna måste ju få veta.”

”Varför då? Hon är ju död. Dom kan inte hjälpa henne.”

”Men dom anhöriga då?”

”Hon har..., hade inga. Hon hade bara mig.”

Jag vågade inte ställa fler frågor, den kvällen om Nemis personliga förhållanden.

I stället pratade vi om musik och konst.

Senare samma kväll såg jag på de lokala tv-nyheterna att man hade hittat en död ung kvinna flytande i hamnen. Hon var naken. Brott kan inte uteslutas även om man inte funnit något som tydde på det, enligt polisen. Hon var ännu inte identifierad.

Jag var skakad när jag gick till sängs den kvällen. Nemi snusade lugnt på sin del av madrassen, naken! Jag la mig på min sida, så långt ifrån henne som jag kunde utan att ramla ur sängen.

Nästa dags morgon blev en upprepning av gårdagens. Nemi stökade i badrummet när jag vaknade.

Då jag kom in för att tömma blåsan ställde hon sig bredvid mig och tittade intresserat på med en lätt road min. Därefter satte hon sig på toalettstolens lock och betraktade mig med stort intresse medan jag duschade. Hennes min antydde att hon verkligen uppskattade föreställningen.

Denna morgonprocedur upprepades sedan varje morgon och blev rutin.

På kvällen, tredje dagen efter Nemis uppdykande, tog jag mod till mig och fortsatte utfrågningen av henne. Vi satt i vardagsrummet. Nemi i sin favoritställning i soffan med benen under sig. Hon med en kopp choklad. Jag i en fåtölj med en kopp kaffe.

"Var bodde du innan du kom hit till stan?"

"Lite varstans."

"I Sverige?"

Lång tystnad, sen tveksamt, "I världen".

"Jasså. Berätta mer."

"Nej. Det är förbjudet."

"Vadå? Förbjudet att berätta?"

"Ja."

"Men vem kan förbjuda dig att berätta om ditt liv?"

Hon såg vettskrämd ut, "Fråga inte mer".

Nästa kväll fortsatte jag i alla fall utfrågningen.

"Nemi, du var ju naken och hade inga saker med dig när du dök upp. Var har du alla dina papper?"

Förvånat, "Papper"?

"Ja. Identitetshandlingar, pass, körkort, bankkort och annat."

"Det har jag inga."

"Du hade ju varit ute i världen, och då måste man ha ett pass."

"Jag har inget."

"Alla har väl någon legitimation av något slag!"

"Inte jag."

"Men om du skall ta ut pengar på banken så måste du ju visa någon sorts ID-handling."

"Jag har inga pengar på banken."

Hon var hela tiden neutralt allvarlig och verkade inte ta direkt illa upp av mina frågor.

"Men man måste ju ha pengar att leva av. Till mat och hyra till exempel."

Nemi ryckte på axlarna. "Inte jag".

Jag var ställd.

"Vad heter du i efternamn?"

"Jag heter bara Nemesis."

Ett varmt leende lyste upp hennes ansikte och gjorde henne åter oemotståndligt vacker.

"Dina föräldrar, lever dom?"

"Ja, men vi har ingen direkt kontakt."

"Men vad heter dom? Det måste gå att spåra dom via myndigheter och internet."

"Dom heter Okeanos och Nyx."

"Konstiga namn."

"Det är grekiska och betyder Oceanen, världshavet, och Natten."

"Du ser inte grekisk ut."

"Inte just nu."

"Vad menar du?"

"Att jag inte ser grekisk ut."

Hon är minst sagt lite underlig.

"Dina föräldrar måste ha ett efternamn."

”Jasså. Varför då? Jag känner i alla fall inte till
något.”
”Men var kommer din släkt ifrån?”
”Vi kom från havet.” Hon log på nytt.
Jag ruskade på huvudet. *Det var tydligen något fel på
flickan, Någon sorts autism kanske. Fast allt liv kom väl
från havet från början.*
”Hur gammal är du?”
Efter lång tvekan, ”Omkring 30 till 35.”
”Omkring?”
”Ja säg 35 då.”
”Nemi, vad har du för personnummer?”
”Jag har inget.”
”Vad menar du. Alla människor i det här landet
har ett personnummer.”
”Ja! Men jag har inget.”
”Hur gör du när du behöver pengar?”
”Jag behöver inte pengar så ofta, och då kan jag
skaffa.”
”Hur då?”
”Genom vänner.”
Nu märktes för första gången en antydan till
irritation över mina frågor.
”Men nu har du inga pengar! Hur skall du kunna
skaffa någonstans att bo om du är utan pengar?”
”Jag hoppas att få bo här med dig.”
Åter den vädjande minen.
Jag undvek hennes blick. Jag vågade inte möta den,
då jag kände mig försvarslös inför den.
”Du behöver nya kläder och hygienartiklar och
sånt. Jag tjänar inte så bra att jag kan försörja oss

båda i längden. Du måste flytta eller bidra till vår
försörjning på något sätt."

Jag antog att hennes möjligheter att bidra
ekonomiskt till hemmet var obefintliga och att hon
alltså skulle flytta. Men samtidigt kände jag en
obestämd underlig dragning till henne och var
osäker på om jag egentligen ville att hon skulle
försvinna.
   "Okej! Jag förstår", sa Nemi med trotsig min och
fortsatte, "Jag ska skaffa pengar."
Hon var besviken och försökte inte dölja det.
Jag undrade hur det skulle gå till, men sa inget.
Vi pratade inte mer om saken den kvällen. Jag
tittade på TV och Nemi läste.

När Nemi skulle gå och lägga sig, råkade hon slå
ner en skål i lergods så att den hamnade på golvet
och gick sönder i flera bitar. Det var en enkel sak
utan egentligt ekonomiskt värde, men den var mitt
enda minne av min lillasyster som jag älskade.
Skålen hade skadats vid ett tidigare tillfälle, men jag
hade hjälpligt lyckats limma ihop den och den hade
en ful skarv.

Nemi märkte att jag blev ledsen när den gick
sönder och bad om ursäkt för sin klumpighet.
   "Förlåt att jag gjorde så att din skål gick sönder.
Jag är ledsen för det."
   "Det gör inget", sa jag fast det inte var sant.
Hon samlade ihop skärvorna och la dom på
skrivbordet.

"Jag fick skålen av min syster Eva, för länge
sedan. Den var redan lite trasig."

"Så du har en syster. Brukar hon komma och
besöka dig?"

"Nej tyvärr. Jag önskade att hon gjorde det, men
hon är arg på mig. Jag har sårat henne djupt. Vi har
ingen kontakt. Hon bor i Kiruna, det är nästan 100
mil dit."

"På så vis", sa Nemi med förstående min.

Jag hade under min period av missbruk gjort mig så
osams med Eva att hon sagt upp bekantskapen för
all framtid. Vid ett tillfälle när mitt missbruk var
som värst ville jag låna pengar av henne. Hon
begrep naturligtvis att jag skulle supa upp pengarna
så hon sa nej och förklarade varför.

"Eva kan jag få låna lite pengar av dig? Jag har en
del obetalda räkningar och just nu har jag inga
kontanter."

"Det beror kanske på att du dricker för mycket?"

"Jag dricker väl inte mer än andra."

"Jasså inte. Jag tycker att med din lön borde du
inte behöva låna pengar om du levde skötsamt."

"Det har varit lite extra utgifter på senaste tiden.
Du får tillbaka pengarna nästa månad. Jag lovar."

"Om jag får dina obetalda räkningar så kan jag
betala dom."

"Men jag behöver kontanter."

"Du får inga pengar i handen av mig! Jag tror att
du kommer att supa upp dom."

Jag fick spel av förödmjukelse när hon
genomskådade mig och vägrade mig pengarna.

"Din djävla fitta! Du är ett pissluder och en
kuksugarhora som kan dra åt helvete. Jag vill aldrig
se ditt fula horansikte igen!"
Hon hade gråtande gått sin väg och jag har inte
hört av henne sedan dess. Inte ens på mina
födelsedagar som hon aldrig brukade missa innan.
När jag slutat dricka och knarka hade jag försökt att
återknyta kontakten. Alla försök från min sida
ignorerades dock.

Efter att åter sovit på betryggande avstånd från den
nakna skönheten, vaknade jag utvilad och kände
mig av någon anledning ovanligt harmonisk.
Morgonrutinen följde mönstret från de tidigare
dagarna förutom att Nemi inte hade byxdressen på
sig. Hon var helt naken då jag kom in i badrummet.
När jag duschade stod hon framför duschkabinen
och betraktade mig. Att stå naken framför en
likaledes naken vacker flicka gjorde att jag fick en
kraftig erektion. Detta intresserade och roade Nemi
som brast ut i ett glatt skratt. Jag var inte lika road,
vilket hon noterade.

"Förlåt att jag skrattade, men jag har aldrig sett
något liknande. Det berör mig. Jag tycker om det",
log hon.

"Nemi! Du är en mycket vacker flicka."

"Jag är glad att du tycker det."
Hon sträckte armarna rakt upp i luften och
snurrade sakta runt ett par varv så att jag verkligen
kunde beundra hennes kropp.

Hon var verkligen otroligt vacker.

Det vackra leende ansiktet, de mjukt rundade brösten, midjans konkava kurva ner mot de breda höfterna, stjärtens mjuka kullar, den lätt putande magen och det svagt håriga venusberget med blygden och dess springa, strax därunder, där de inre rodnande blygdläpparna kunde anas.

Min erektion avtog inte av synen, tvärt om.

"Du vet vad det innebär när en man får erektion?"

"Jag har läst om det", svarade hon allvarligt, "men tyvärr klarar jag inte av att göra något åt det."

"Skulle du ha samlag med mig om du kunde?" Jag var förvånad.

"Ja det skulle jag! Även om det är förbjudet och skulle kunna vara mycket farligt." Hon fortsatte, "Det skall tydligen vara jätteskönt enligt vad jag läst. Bättre än att onanera, och det vet jag hur ljuvligt det är. Som chokladglass."

"Hur då förbjudet och farligt?"

"Det skulle få konsekvenser. Fråga inte!"

Jag var positivt överraskad över att hon ville ligga med mig och hade svårt att släppa tanken på henne under dagen, även om det där att det skulle vara farligt skrämde mig en smula.

Pengar

När jag kom hem den kvällen var Nemi
försvunnen. Inget meddelande eller ledtråd
till vart hon tagit vägen. En sugande tomhet
uppfyllde mig och fick min mage att dra ihop sig
som i kramp. *Hon har nog bara gått ut en stund,*
intalade jag mig själv. Varför jag saknade henne så
intensivt förstod jag inte. Vi hade ju nyss träffats
och kände ju inte varandra egentligen. Och jag hade
ju försökt få henne att flytta genom att be henne
betala för sig, i vissheten att hon inte skulle kunna
göra det.

När det blev dags för mig att gå till sängs vid
halvelvatiden hade hon inte återkommit.
Det var då jag noterade det till synes omöjliga.
Lerskålen! Den som gick sönder kvällen innan.
Tidigare taffligt lagad av mig och åter slagen i små
skärvor under gårdagskvällen.
Den stod nu på soffbordet, hel och utan minsta
spår av sprickor eller lagningar.
Det var inte möjligt. Jag rös.
Jag vände och vred på skålen. Det måste vara en
annan skål, en likadan, en kopia. Men originalet var

ju handgjort av min syster efter egen ide. Det
kunde inte finnas mer ett exemplar i hela världen.
När jag slutligen vågade vända på skålen fanns min
systers välkända signatur där.
Hade jag tagit ett återfall, druckit och inbillade mig
saker. Var det ett anfall av sen abstinens. Jag visste
inte. Världen gick i vågor när jag skräckslagen
snubblade i säng och slocknade.

Morgonen efter vaknade jag och kände mig oerhört
bakfull. Jag vågade knappt röra mig i sängen, rädd
för illamåendet och den sprängande huvudvärken
som då skulle infinna sig. Jag hade tydligen supit
till, men hade inga minnen av något supande. Men
det var i och för sig inget ovanligt. Det hände titt
som tätt under min aktiva period av missbruket att
jag tappade minnet.
Jag blev till slut tvungen att gå upp för att gå på
toaletten och tömma blåsan.
Bakfyllan försvann som genom ett trollslag. Jag
hade inte druckit. Bakruset var självsuggererat. Det
var inte första gången, men lika hemskt varje gång.

Det kändes också tomt, och smärtsamt, när ingen
Nemi tittade uppskattande på mig i duschen.
Så småningom kom jag nedstämd iväg till jobbet
där jag fick höra de senaste nyheterna.
Lerskålen hade jag totalt glömt bort.

När jag kommit till jobbet kunde jag läsa de senaste
nyheterna om ”Hispanmördaren”. I alla fall
misstänkte man att det var samma person.

Lokaltidningen skrev:

BESTIALISKT MORD OCH BANKRÅN!
HISPANMÖRDAREN KVAR I STAN?

På torsdagens förmiddag hade en person utklädd till känguru kommit in på centralbankens kontor i centrum, som vid tillfället var tomt på kunder. Kängurun som var nedstänkt med blod hade med ett raskt skutt hoppat över det 1.80 höga skyddsglaset framför kassapersonalen och därefter hotat personerna bakom disken med en pistol och krävt att få pengar. En yngre man i personalen ville spela hjälte och försökte övermanna kängurun. Kängurun hade stoppat undan pistolen i sin magficka och sedan i en balettliknade rörelse lyft upp hjälten från golvet, dansat runt ett varv sjungande "se kängurun den hoppar" därefter ställt ned pojken och med en snärt brutit hans nacke så ljudet när kotpelaren brast ekade i lokalen.

Inga fler hjältar fanns till hands, så chefskamreren samlade snällt ihop de pengar som fanns i valvet och kassorna, varefter han överlämnade detta till kängurun, som stoppade alltsammans i sin magficka och försvann med raskt skutt över disken. Alla spår slutar på gatan utanför banken. Ingen hade sett något trots att det var mitt på dagen. Hur mycket rånaren kom över är osäkert. Det var utbetalningsdag för pensioner så det fanns lite extra pengar i kassorna och valvet, dock inga extrema mångmiljonbelopp. Vissa pensionärer litar ju inte på bankerna utan tar ut hela sin pension i kontanter samma dag som den betalas ut. Senare på dagen hittades ägaren till en affär, som sålde skämtartiklar och hyrde ut maskeradkostymer, brutalt mördad i sin butik, med avsliten strupe. Man antog att kängurukostymen kom från härifrån.

När jag kom hem den kvällen var Nemi fortfarande försvunnen och jag antog att hon stuckit för gott. Kanske lika bra det. Hon var ju minst sagt lite konstig. Men mina tankar övertygade mig inte om att jag hade rätt. Jag saknade henne och kände mig nedstämd och sorgsen över att åter vara ensam.

Så kom ytterligare en dag med surrande rykten om morden på Hispan, i skämtartikelaffären och vid bankrånet. Människor var upprörda och rädda.

När jag kom hem den kvällen, tredje dagen efter Nemis försvinnande, kände jag redan när jag öppnade dörren till lägenheten att hon var tillbaka. Hon satt i en fåtölj i vardagsrummet med en bok i handen lyssnandes på en Mozart CD via hörlurar. Hon log varmt inbjudande mot mig och sa, "Hej", precis som inget hänt.
Mitt hjärta slog dubbelslag av glädje
   "Hej. Jag trodde att du försvunnit."
   "Jag försvinner inte!"
 Ingen förklaring till sin bortavaro.
   "Du har varit borta några dagar?"
   "Ja."
   "Och?" sa jag frågande.
   "Jag har pengar nu. Så nu kan jag stanna hos dig och vi kan köpa kläder åt mig."

”Jasså. Så bra.” Jag var förvånad och ville gärna
fråga varifrån hon fått pengarna men hoppades att
hon själv skulle berätta, så jag sa inget mer.
En from förhoppning som inte infriades så till slut
frågade jag.
    ”Varifrån fick du pengarna”?
    ”Jag fick dom av en vän.”
    ”Fick låna, menar du?”
    ”Nej. Hon tog ut dom på banken och jag fick
dom.”
    ”Jasså. Var det mycket pengar?”
Hon sa inget men pekade på en dokumentportfölj
som låg på skrivbordet.
Jag gick fram till bordet, öppnade portföljen och
fick en chock. Den var fullproppad av
femhundralappar.
    ”Hur, hur mycket är det?” Jag hade svårt att prata
eftersom jag måste svälja hela tiden.
    ”Jag vet inte. Är du inte hungrig? Skall vi äta
något?”
Hon var tydligen inte speciellt intresserad av
pengarna som sådana, utan mer av att dom gjorde
så hon kunde stanna hos mig nu.
    ”Din vän måste vara rik.”
    ”Kanske. Jag vet inte.”
    ”Vad trevligt att du har en vän i stan. Skulle vara
roligt att träffa henne.”
    ”Det går inte. Hon har rest sin väg.”
    ”Du har varit borta i tre dagar?”
    ”Ja.”
    ”Tog det tre dagar för henne att ta ut pengar och
ge dom till dig?”

”Nej. Två dagar! Banken krånglade.”
”Banken krånglade? Vad menar du?”
”Dom ville inte lämna ut så mycket pengar.”
”Men till slut lyckades hon tydligen få ut dom?”
”Ja, uppenbarligen.”
”Hur?”
Hon ryckte på axlarna.
”Det vet jag inte”.
”Var har du sovit?”
”I hennes husbil.”
”Husbil?”
”Ja.”
”Du hade inga tankar på att följa med din vän när hon åkte sin väg?”
”Nej. Jag vill stanna hos dig.”
”Varför?”
Hon såg på mig och ryckte åter på axlarna men sa inget.

Jag slutade fråga. Jag förstod att jag inte skulle få några uttömmande svar, i alla fall inte just då. I stället åt vi middag och samtalade om allmänna saker och kom så småningom in på mer filosofiska frågor, religion och liknande.

Jag frågade, ”Är du religiös och bekänner du dig till någon religion. Tror du på någon gud?”
Hon såg forskande på mig innan hon svarade.
”Jag har läst om nästan alla religioner, och dom är i grunden väldigt lika. Det är berättelser om hur allt började och vem som gjorde att det blev en början och utformade levnadsregler för fortsättningen.

Det är bara sagor. Om det finns en gud? I så fall
finns ingen för mänskligheten god sådan. Se dig om
i världen. Vilken god allsmäktig gud skulle tolerera
den väg mänskligheten fått vandra och vandrar än i
dag. Däremot vet jag att det finns en, inte
allsmäktig, men mäktig ond kraft, som påverkar
skeendet på jorden. Fråga inte!"
Hon såg så plågad ut att jag lät bli att fråga vidare.

Nemi tog en bok och läste medan jag tittade på tv-
nyheterna.
Det handlade mest om det våldsamma outredda
morden i vår stad. Nemi verkade inte ett dyft
intresserad av saken. Vid tiotiden la vi oss båda två.

Terapi

Nemi uppträdde ogenerat naken i badrummet och sängkammaren. Ibland gick hon omkring i lägenheten utan en tråd på kroppen eller satt och läste helt naken i en fåtölj eller i soffan.

Hon var totalt oblyg och tycktes omedveten eller inte bry sig om att nakna kvinnor kunde väcka sexuella fantasier hos andra människor.

Jag åtrådde henne. Ville ha henne. Ville älska med henne och bli älskad av henne. Jag led alla helvetes kval av inte kunna röra vid henne. Något måste hända. Jag skulle inte klara av att fortsätta på samma sätt. En kväll tog jag upp saken med Nemi.

"Om jag skall bo ihop med en vacker kvinna måste jag få röra vid henne ibland."

"Du vill ha samlag med mig?"

"Ja."

"Jag förstår", svarade Nemi, "men mig kan du inte röra. Det vet du! Finns det ingen annan kvinna som du kan ha samlag med?"

"Du menar att jag skulle ta hem andra kvinnor hit?"

"Ja."

"Men du är ju här."

"Jag kan titta på. Jag tror att det skulle roa mig."

"Det går aldrig. Ingen kvinna skulle följa med mig hem om de visste att det fanns en annan kvinna i hemmet."

"Du kan gå hem till andra kvinnor och ha samlag."

"Det vill jag inte."

"Jag har läst att det finns kvinnor som man kan betala pengar till, och att man då får ha samlag med dom."

"Aldrig i livet! Jag fattar inte vitsen att ha samlag med någon som inte är känslomässigt engagerad. Som att äta pannkakor utan sylt och grädde", jag fortsatte, "Det är det dig jag vill ha och älska med, ingen annan."

Det sista slank ur mig innan jag han tänka.

Nemi såg länge på mig med en outgrundlig sorgsen min innan hon långsamt viskade, "Jag var rädd för det, men är glad för att det är så".

Dagen efter fick jag en ide när jag läste en artikel om kognitiv beteendeterapi på jobbet.

På kvällen när jag kom hem framförde jag idén till Nemi.

"Jag har ett förslag. Om vi provar lite försiktigt med att jag rör vid dig och du är medveten om det kanske du kan vänja dig vid att jag tar i dig. Vi kan ta det stegvis, lite i början och om det går bra, lite mer och mer efter hand. Vad säger du?"

"Okej."

"Sträck fram ena handen med utsidan uppåt."

Nu framträdde musklerna i under och överarmen tydligt när hon krampaktigt visade fram handen. Hennes muskler var förvånansvärt kraftiga nu när hon spände sig. I avslappnat tillstånd kunde man bara ana dom.

"Du måste slappna av. Lägg dig i soffan och sträck ut dig."

Hon la sig på rygg i den.

"Bra. Börja nu vid tårna och låt dom slappna av, sedan går du vidare muskel för muskel upp genom benen, kroppen och armarna, ända upp till hårfästet. Ta god tid på dig, men somna inte."

Efter omkring 5 minuter sa hon, "Okej". Hon låg nu med händerna på insidan av sina lår.

"Nu kommer jag att stryka med ett finger på utsidan av din vänstra hand. Fortsätt att vara avslappnad."

Jag la försiktigt pekfingret på hennes hand. En liten ryckning i armen det var allt.

Jag rörde försiktigt fingret över handen och frågade, "hur känns det"?

"Det känns bra, det är skönt", svarade hon.

"Jag provar lite längre upp på underarmen, går det bra?"

"Ja."

"Tala om hur det känns."

"Det kittlar lite grann men det är väldigt skönt."

"Jag provar lite längre upp."

När jag drog med fingret längs hennes underarm upp mot hennes armbåge hördes plötsligt ett svagt gurglande ljud, som en begynnande morrning. Jag tittade på henne och noterade att hennes ögon fått

en underlig glöd. Hennes käkmuskler var hårt
spända.
Skrämd utbrast jag, "Okej. Nog för i dag".
*Det kanske inte var någon bra ide i alla fall. Det kommer
aldrig att fungera.*

Under resten av kvällen såg vi på en tevefilm, en
romantisk komedi som fått mycket beröm men
som jag tyckte var rena skräpet. Vi sa inte så
mycket. Nemi var inget för att pladdra.
Hon hade aldrig sett film på TV tidigare, men hon
blev nog inte speciellt imponerad. Mitt i filmen, vid
några av de hetare sexscenerna, gick Nemi och la
sig. När jag efter filmens slut kom in i
sängkammaren så sov hon lugnt. Jag la mig som
vanligt så långt ifrån henne som möjligt.

Nästa morgon steg Nemi enligt rutin, upp och
tittade på när jag gjorde morgontoalett. Hon var
spritt naken och log i mjugg när jag förgäves
försökte dölja mitt stånd. Det var uppenbart att
hon avsiktligt och retsamt exponerade sig för mig.
Det roade henne uppenbarligen att jag blev
upphetsad och fick erektion vid åsynen av hennes
nakna kropp.

Dagarna gick och vi pratade mer och mer om allt,
utom om mitt eller hennes tidigare liv. Jag ville
avvakta innan jag tog reda på mer om henne, om
vad hon gjort innan hon dök här och "adopterade"
mig.

Nemi visste allt om allting. Vi pratade om Dante
och hon kunde redogöra för "Den gudomliga
komedin" och dess tre delar och nio kretsar.
Vi pratade om LHC i Cern, och hon visste hur den
var konstruerad med supraledande magnetspolar
och hur sökandet efter Higg's boson gick till, och
teorin bakom förutsägelsen att den existerade.
Hon kände till alla de stora konstnärerna och kunde
beskriva ett otal verk av dessa i detalj.
Hon hade studerat de gamla grekiska filosoferna
liksom dagens.
Hon hade läst "Mein Kampf", men även Churchills
alla tal. Bibeln och koranen samt torah, var bekanta
för henne.
Däremot hade hon aldrig sett en film, även om hon
visste vad det var och kände till handlingen i många
filmer. Hon hade läst om dom.

Snart hade Nemi läst de böcker i bokhyllan, som
hon inte läst innan vi träffades.
Hon gick tydligen inte ut på dagarna utan stannade
inne och läste.
På hemvägen en dag köpte jag en läsplatta. Jag hade
ju en internetuppkoppling i lägenheten och en
gammal dator på skrivbordet. Tanken var att Nemi
skulle kunna låna e-böcker från biblioteket på mitt
lånekort.
   "Nemi, har du använt en dator någon gång?"
   "Självklart. Jag kan programmera sådana."
Naturligtvis. Frågan var ju idiotisk. Hon kunde allt.
   "Då är du fena på internet?"

”Jag får egentligen inte surfa på nätet även om jag
gjort det i smyg ibland, det kan påverka mig.”
Jag visade henne i alla fall hur man lånade böcker
via nätet och hur en läsplatta fungerade, något som
hon redan visste. Hon hade läst om det.

Vi började göra små promenader på kvällarna. Båda
två njöt av det även om det var vinter och kallt.
Nemi älskade snön. Spontant kunde hon kasta sig i
en snödriva och rulla runt under glada skratt, som
ett barn. Jag skämdes ibland när andra vuxna såg
på, men dom flesta åskådarna verkade dock bli
roade och glada vid åsynen.
Jag letade reda på två par skidor i mitt källarförråd.
Min tanke var att Nemi skulle lära sig åka på ett par
av dom. Det blev en dråplig upplevelse. Jag tror
inte att jag skrattat så mycket sen militärtjänsten då
vår norrlandsbataljon fick besök av ett skånskt
skyttekompani för vinterutbildning.
Nemi skrattade med, nästan så att hon kiknade.
Men till slut gick det. Hon blev riktigt duktig och vi
kunde göra kortare skidutflykter i omgivningarna.
Jag såg fram mot att få tillbringa våren och
sommaren i sällskap med Nemi, även om hon var
en udda flicka. Slippa ensamheten.

Mitten på december och julen närmade sig. Jag har
alltid avskytt julen, förmodligen orsakat av brist på
glada minnen. De få minnen jag hade från högtiden
var tråkiga och dystra. Hur Nemi brukade fira jul
visste jag inte.

Förväntade hon sig julgran och klappar. Jag blev tvungen att fråga henne.

"Nemi, hur brukar du fira jul?"

Hon såg frågande på mig, "Jul. Det är ett modernt påfund av kristet religiösa människor. Jag är inte en av dom. Jag firar aldrig jul. Men om du vill göra det så är det okej för mig. Jag har hört att man äter en massa god mat då. Det kan ju vara trevligt."

Hon avslutade med frågande min.

"Okej, jag avskyr julen men gillar maten. Dessutom är man ledig från arbetet flera dagar i sträck, det gillar jag också."

"Inget julfirande alltså men god mat och tid till samvaro. Kan inte bli bättre. Absolut inga presenter!" Ett glatt förtjusande leende underströk vad hon sagt.

Hennes skönhet när hon log tog nästan andan ur mig.

"Överens!"

Vi var på julmarknad i stan, mest för att titta på människorna som stressat irrade omkring på jakt efter julklappar. Det var gott om snö, och på ett ställe kunde man få åka släde efter häst.

Det fanns två ekipage, dragna av varsin stabil kolugn ardenner.

Det påminde mig om min barndom då det fanns gott om hästar på gatorna. Fler än bilar faktiskt.

Jag ville åka, men Nemi var tveksam.

"Mitt förhållande till hästar är något ansträngt, eller kanske snarare deras förhållande till mig", försökte hon.

"Kom nu! Det är jättetrevligt att åka släde efter häst, i fackelsken."
Och sken blev det! Men det var inte facklorna som sken, utan hästarna som stegrade sig, slet sig, och satte av i en vild rusning med slädarna okontrollerat slängande efter sig, när vi närmade oss. Det var bara turen som gjorde att ingen människa dödades eller skadades av de okontrollerat framrusande ekipagen. Ingen förstod varför de annars så lugna kusarna plötsligt gripits av panik. Det blev i alla fall ingen slädtur för Nemi och mig.
"Undrar vad som hände", sa jag.
"Ja, jag vet inte", svarade Nemi med en lätt road min, "Något eller någon måste ha skrämt dom".

Våra beröringsövningar fortsatte på Nemis enträgna begäran. Det gick mycket långsamt framåt. Ibland fick vi avbryta, ta några steg bakåt, efter för mig skrämmande reaktioner hos henne. Jag ville avsluta det hela men Nemi ville fortsätta.
"Det kommer att gå bra. Jag känner det", var hennes stående påstående.
En kväll svarade jag på skämt.
"Om du inte sliter strupen av mig innan dess".
"Jag anstränger mig för att låta bli."
Jag hoppades att hon också skämtade.

En dag framåt midvintern hade vi i alla fall kommit så långt att jag bad henne ta av sig på överkroppen och lägga sig på mage i soffan.
Hon drog av sig klänningen och iklädd bara trosor la hon sig framstupa.

"Jag kommer nu att blåsa dig i nacken med
munnen, och sedan ner över ryggen."
"Åh. Det är väldigt behagligt. Sluta inte!"
"Jo, nu kommer jag att prova lite lätt med
handen."
Jag smekte henne lätt med handflatan, från nacken
ner över ryggen.
"Det är pirrigt och jätteskönt."
Synen av hennes nakna överkropp och den mjuka
lena varma huden under min hand, att jag kände
hur det påverkade henne, hur hon tändes, gjorde att
jag blev så upphetsad att jag inte kunde sitta still.
Som om hon kände mitt tillstånd sa hon, "Om vi
fortsätter att träna så kanske vi kan ha samlag en
dag".

Vi fortsatte med beröringsövningarna under
senvintern, till våren närmade sig.
 En kväll hade vi kom vi så långt att Nemi låg helt
naken på magen, när jag smekte henne ner över
stjärten och utsidan av hennes lår. Tillbaka på
lårens insida upp mot skötet. Hon rörde oroligt på
sig men särade lite på benen så att jag kom åt
bättre. Jag kände att hon var fuktig och upphetsad.
För att inte tala om vad jag var.
Med grötig röst sa jag, "Kanske dags att vi provar
med att du smeker mig lite grand".
"Okej", sa hon och satte sig upp.
Jag klädde raskt av mig. Nemi tittade nyfiket och
roat på min erektion. Jag la mig på rygg i soffan och
talade om för henne hur jag ville bli smekt.

Vi kom ganska snart till det läget att hon
koncentrerade smekningarna till min erigerade
penis, varvid min kropp spändes i krampaktig
njutning.
Utlösningen kom häftigt, som en explosion, en
chock av njutning. Den långa avhållsamheten
gjorde att jag inte fick någon förvarning. Jag var
helt oförberedd. Det var Nemi också, minst sagt.
Hon stirrade häpet på duschen av sperma som
sprutade minst en meter rakt upp luften och sedan
föll ner över hennes hand, min mage och penis.
Sedan kom ett klingande hjärtlig skratt. Hon
skrattade gott och väl i en minut och sen, "Det är
alltså sånt där som jag kommer att få i mig när vi
har samlag", varefter hon fortsatte att fnissa i
ytterligare en lång stund.
Det var i den stunden jag insåg att jag var hopplöst
förälskad i henne. Dessutom lycklig över det
faktum att hon var helt inställd på att ligga med mig
när hon kände sig mogen.

Dagen efter, som var lördag, gick vi ut på stan och
handlade kläder och skor åt Nemi. Hon var som ett
barn. Skrattade och fnissade lyckligt i mode och
skoaffärerna. Hon valde noga innan hon handlade
och var noga med kvaliteten och utseendet.
Moderiktigt skulle det vara, men inte kortsiktigt
utan det skulle följa den övergripande trenden. Hon
hade ju mycket gott om pengar som hon förvarade
i sin dokumentportfölj. När vi var ute hade hon en
sedelrulle i ena fickan på min före detta frus jeans,
vilka klädde Nemi väldigt bra.

”Hur vet du vad som är modernt och vad som
kommer att hålla stilen ett tag”, frågade jag.
”Jag har läst om det. Jag läser väldigt mycket.”
Frågar man dumt så!

När vi lastat av kollektionen hemma i lägenheten,
föreslog jag,
”Nemi. Skall vi gå och köpa lite god och festlig
mat och ha en trevlig kväll? Vi kan gå till saluhallen.
Där har dom alla sorter läckerheter.”
”Okej”, sa Nemi, ”ska bli kul. Jag har aldrig varit i
livsmedelsbutik.”
Jag var konfunderad och oerhört nyfiken, *aldrig varit
i en livsmedelsbutik, 35 år gammal, ungefär.*
Jag sa dock inget. Tyckte inte det var läge att
förstöra den goda stämningen.

Vi åkte till saluhallen där vi inhandlade,
Serranoskinka, melon, hummer och glass till
efterrätt.
På frågan, ”Vad gillar du bäst att äta, alla
kategorier”, kom svaret direkt utan tvekan.
”Chokladglass.”
Som dryck köpte vi fläderblomssaft och
mineralvatten att blanda ut den med.
Nemi tyckte att saluhallen var en underbar plats.
”Jag måste lära mig laga mat”.
Jag hade svårt att få henne därifrån. ”Om vi inte går
hem nu så kommer chokladglassen att smälta. Då
får du äta chokladsås till efterrätt.”

Vi åt en underbar middag. Torkad skinka med grovt salt, melon och olivolja som förrätt och gratinerad hummer som huvudrätt följd av chokladglass, för Nemis räkning. Jag avstod glassen. Fläderblomssaftblandningen smakade som riktig champagne.

Senare på kvällen onanerade hon framför mig och visade hur hon tyckte om att bli smekt. Jag höll på att få dåndimpen av upphetsning. Det roade henne uppenbarligen att se min vånda.
Så sa hon plötsligt.
  ”Kan vi inte fortsätta med beröringsövningarna. Jag tror att vi kan gå fortare fram nu. Jag har förtroende för dig, du påverkar mig”.
Hon gjorde en paus och fortsatte, ”Du har inte rört vid mina bröst än eller rört mig såsom jag rör mig själv och som jag visade dig. Jag längtar efter den stund när jag vågar låta dig komma in i mig.”
  ”Nemi vill du ha barn”, frågade jag, fortfarande lite obekväm med hennes rättframhet.
En skugga drog över hennes ansikte så jag ångrade frågan.
Hon reste sig, drog ner byxorna till höjd med blygden, pekade på två små ärr på nedre delen av buken och sa olyckligt, ”Jag kan troligen inte få barn. Man har opererat mig. Det är dessutom förbjudet.”
Jag ångrade vad jag sagt eftersom den gjort henne ledsen och sen brast jag i gråt i blint raseri. Vem hade behandlat henne så?

Nemi tittade på mig men sa inget på en lång stund.
Efter flera minuter kom det dock.
   "Vi klär av oss och kelar lite, jag måste öva".

Efter att ha smekt varandra till orgasm och vi hade
vilat en stund, såg Nemi mig i ögonen och sa,
"Jag är beredd att ha samlag med dig nu trots att
det är förbjudet.
Men du måste veta en sak. <u>Lyssna noga!</u>
   "Det kommer att få konsekvenser och kan vara
mycket farligt. Vi kommer att vara förenade för
evigt, bli oskiljaktiga. Starka krafter utom vår
kontroll kommer att försöka splittra oss för att
utnyttja oss för sina egna syften. Försöka ta makten
över oss. Kanske också försöka fjättra oss för all
framtid om vi inte följer deras vilja. Vi måste vara
mycket starka! Förstår du? Orkar du? Det finns
ingen återvändo!"

Jag fattade inte vad hon menade.
*En flickas nervositet inför sitt första samlag. Farligt?
Kanske ingick det i hennes uppfostran att samlag var farligt
och förbjudet. Som när jag var ung, då fick vi lära oss att
onani kunde orsaka permanent sinnesjukdom, eller att
snoppen skulle ramla av. På barnhemmet måste vi pojkar
sova på rygg, med händerna ovanpå täcket.
Å andra sidan onanerade hon, vilket tydligen inte var
förbjudet och farligt. Det var tydligen inte sex i sig, utan just
själva samlaget som var farligt och otillåtet. En rädsla för
att bli med barn kanske? Men Nemi kunde ju inte bli
gravid, enligt egen utsago.*

*Att kärleken skulle binda oss samman för evigt. Det tror ju
varje nyförälskat par, så det tyckte jag inte var så
märkvärdigt. Och att fjättras?*
*Vi var ju vuxna så att ha sex var helt lagligt. Ingen kunde
spärra in oss för det och absolut inte på livstid.*
Jag förstod inte vad hon var så rädd för.

Hennes ögon trollband mig. Jag kände att jag
älskade henne bortom allt förnuft. Samtidigt kände
jag att jag helt och hållet hade min fria vilja. Inget
ont skulle hända mig om jag inte ville. Hon skulle
acceptera ett nej utan att bli sårad. Mitt svar blev ja.
En obeskrivlig underbar upplevelse där Nemis
orgasmer och hennes ohöljda njutning gjorde att
jag, som det stod i 50-talets boulevardmagasin,
gungade bort på vågor och svävade på rosa moln.
Hon skrattade högt av glädje när min säd tömdes i
hennes sköte.

Senare när vi låg på sängen och vilade ut, fnissade
hon, "Hur var pannkakorna"?
   "Mycket sylt och grädde", skrattade jag.
Från den dagen älskade vi nästan varje natt.
Ibland lekte vi med varandras kroppar. Med hjälp
av en fågelfjäder brukade vi turas om att kittla
varandra på känsliga ställen. Ansiktet var förbjudet
område. Utmaningen var att ligga alldeles stilla och
verka oberörd.
Om man fick motparten att reagera, att den inte
kunde ligga stilla, då fick man kräva 'belöning'.
Nemi var särskilt känslig på stjärten och vecken
som bildas mellan skötet och låren.

Jag mådde förträffligt och det noterades på mitt arbete att jag var tillbaka fullt ut. Jag fick tillbaka min gamla befattning och den mycket höga lön som jag tidigare haft. Även Nemi hade fortsatt gott om pengar. Var hon fick dom ifrån undvek jag dock att fråga om fler gånger. Tiden gick och blev till månader. Vi trivdes ihop och var lyckliga, jag egentligen för första gången i mitt liv.

Maran

Plötsligt var Nemi försvunnen igen. När jag kom
hem en kväll var lägenheten tom. En oerhörd
tomhetskänsla uppfyllde mig. Rädsla för att återigen
vara övergiven, att åter blivit lämnad ensam. Jag
grät mig till sömns den kvällen.

Klockan var 3 på morgonen. Jag hörde GA-kyrkans
klocka slå, när jag väcktes av att någon smekte mitt
kön till erektion. Det var kvinnan som jag plockat
upp vid sjön, som sen transformerats till Nemi
utanför mitt badrum. Hon var helt naken.
När hon märkte att jag var vaken vände hon med
en resolut rörelse över mig på rygg, varefter hon
satte sig grensle över mig och lät min penis glida in
i sig. Med ett ljudligt åååh sänkte hon sin kropp så
att jag var fullständigt inne i henne. Oh vilken
ljuvlig smekande värme, detta var paradiset.
Så lutade hon sig framåt, satte sina händer på mina
axlar och började rida. Värmen i hennes kön
övergick i hetta som stegrades till brännande eld.
Jag ville skrika, men förmådde inte. Jag ville vrida
mig ur henne men jag hölls kvar som av hullingar
inne i henne. Hennes händer pressade mina axlar

mot madrassen. Jag var fullständigt hjälplös.
Helveteselden spred sig från mitt kön till hela
kroppen. Jag brann. Hennes ögon mötte mina och
jag kunde inte släppa hennes blick. Som flammade
eld lyste det i hennes ögonhålor. Hennes halvöppna
mun var blodröd, med huggtänder i gult.

Hon fick orgasm och gav ifrån sig ett gurglande
läte. Till min fasa började jag i hennes blick se hur
människor fördes fram till en ravin där de radades
upp och sköts av soldater. Omgång efter omgång
slaktades, nakna utan hopp. Jag kände igen scenen,
Babi Jar i Kiev.
Hon fick orgasm igen och jag såg illa klädda
utsvultna människor tvångsarbeta i Sibiriens iskalla
gruvor. Människor utan hopp.
Jag såg slagskepp som sänktes på den vinterkalla
Atlanten, med tusentals matroser ombord, som
bortom all räddning skulle frysa till döds i det
iskalla vattnet och de visste vilket öde som väntade
dem.
Jag såg koncentrationslägrens gaskammare och
krematorier där olyckliga fångar fick bränna sina
släktingar och de visste att snart var det deras tur.
Jag såg kvinnor och barn instängda i kyrkor, med
igenspikade dörrar, som sattes i brand av soldater
som sköt alla som försökte ta sig ut.
Jag såg människor i Afrika som slaktades med
machetes och spadar och inte hade någonstans att
fly.
Jag såg barn i Biafra svälta till döds i en meningslös
konflikt.

Orgasmerna kom en efter en i tät följd och var och
en följdes av nya skräcksyner.
Men så till slut kom min utlösning och det
fasansfulla övergick det mest fulländade
ögonblicket i mitt liv. En njutning utan motstycke
när min sperma pumpades in i varelsen som
upphävde ett högljutt "Jaaaa!, Jaaa", medan hennes
sköte mjölkade mig tom på säd.

När jag vaknade var det lördag natt. Jag hade sovit i
mer än ett dygn. Nemi var fortfarande försvunnen.
Jag var förvirrad. Hade jag drömt eller var det
verkligt. Sängkläderna var ordentligt tillskrynklade
och smått fuktiga som om jag hade svettas
ordentligt. På den del av underlakanet där min
underkropp brukar befinna sig, fanns fläckar av
någon sort sekret. På underkroppen hade jag
intorkade fläckar, runt penis ett stort område med
intorkad kroppsvätska. Hade det verkligen hänt,
eller hade jag drömt och haft så kallad "ofrivillig
sädesavgång". Penisen hängde skrynklig och
förskrämd mellan mina ben medan pungen och
testiklarna värkte.
Jag kunde verkligen inte avgöra om det hela varit en
dröm eller om det hänt i verkligheten.
Kunde det hela vara en så kallad "Delayed Alcohol
Withdrawal Symptom" en sorts försenad abstinens
som kan uppträda upp till 2 år efter det personen i
fråga upphört att dricka och som kan ge
hallucinationer. Det var nog det mest troliga.
Men var fanns Nemi?

Den följande veckan utspelade sig i töcken av
förvirring, längtan efter Nemi, rädsla och en undran
vad som hade hänt henne. Var fanns hon och
varför hade hon försvunnit.

Jag kände mig helt tom och ensamheten plågade
mig. Mina riktiga vänner hade jag supit bort för
länge sen. Längtan efter Nemi kändes som hål i
bröstet. Jag var ytterst nära att ta till spriten igen.
Jag arbetade som i trans och sov mest däremellan
under hela veckan. Jag åt nästan inte och orkade
knappast läsa tidningarna.

Dock fångade en rubrik en dag mitt intresse:
Mystiska DNA-spår!
Främmande DNA har kunnat säkras på den vid
mentalsjukhuset mördade vakten och på de kläder som
upphittats nere vid sjön i samband med mordet.
Samma DNA har återfunnits på den i centralbanken
mördade ynglingen och på den upphittade kängurukostymen.
Polis och myndigheter är dock ytters förtegna och säger att
ytterligare analyser behövs. Prover har skickats till FBI i
USA och Bundespolizie Amt i Tyskland. Inga svar har
erhållits än.
Obekräftade uppgifter som läckt från SKL, Statens
Kriminaltekniska Laboratorium, uppger att DNA
kommer från någon av kvinnligt kön, men tycks vara
förorenat med några okända gener som tidigare aldrig hittats
hos människor. Även vissa typiska mänskliga gener tycks
saknas. Och mycket förvånande, gener som tidigare bara
hittas hos delfiner förkommer.

Åter

När jag nästkommande fredag steg in genom dörren i min lägenhet klack det till i mig. *Nemi*! Jag kände direkt att hon var tillbaka. Hon satt lugnt i soffan läsande på sin läsplatta.

"Hej", sa hon med ett varmt välkomnande leende. Jag var förstummad av överraskning och glädje men till slut lyckades jag pressa fram.

"Hej, välkommen tillbaka".

"Tack." Men hon gjorde ingen ansats av att kommentera sin frånvaro så jag sa frågande, "Du har varit borta några dagar?"

"Ja."

"Var har du varit?"

Nemi tittade forskande på mig, "Jag har hjälpt en bekant med ett problem".

Talade hon sanning. Jag ville gärna tro det men var lite skeptisk, "Och det tog sex dagar"?

"Ja", svarade hon kort.

Ingen som helst antydan till ursäkt, för att hon försvunnit utan att säga något.

"Jag har varit orolig."

"Min älskade", hon hade aldrig använt de orden tidigare, "du behöver aldrig vara orolig för mig. Jag kommer aldrig att lämna dig. Vi är förbundna för evigt.”

Det var uppenbart att hon menade det hon sa. Det syntes på henne. Jag blev totalt överrumplad av den tydliga, varma och oförbehållsamma kärleksförklaringen. Med grötig röst och med gråten i halsen av rörelse kunde jag bara få ur mig, ”Jag lagar lite mat.”

”Bra. Jag är hungrig.”

I köket förbannade jag mig själv. Jag kunde åtminstone ha svarat att jag älskade henne, vilket jag gjorde fullt ut i den stunden. I stället flydde jag undan.

Under måltiden talade vi konst, historia och arkeologi. Nemi hade naturligtvis läst Maja Hagermans bok om utgrävningarna kring den nya E4: an och kunde kommentera den ur ett vetenskapligt perspektiv. Oerhört spännande och intressant. Jag lyssnade mest. Nemi pratade på och skrattade hjärtligt då och då. Hon verkade helt avspänd och lycklig. Från att ha varit tystlåten till synes lite osäker var hon nu pratsam och visade mig fullt förtroende och kärlek.

I en paus i hennes underhållande prat sa jag,

”Jag älskar dig”!

Hon log med öppet lysande ansikte som övergick till en allvarlig min när hon lågt och allvarligt sa,

”Jag vet och jag är mycket tacksam för det”. Så la hon till, ”Jag är nästan aldrig tacksam”.

Det hände då och då att Nemi åter försvann för en dag eller två, ibland för längre tid. Jag frågade aldrig igen varför eller vad hon gjorde. Ibland när hon såg min undrande min kunde hon säga, "Det finns ingen annan. Jag är din för evigt."

Borgvattnet

En dag blev jag tvungen att åka på tjänsteresa
till Östersund.

"Jag vill följa med", sa Nemi när jag berättade för
henne, "jag har aldrig varit där."
Jag försökte protestera och säga att hon skulle få
tråkigt, eftersom jag skulle vara upptagen hela
dagen och även en bit in på kvällen.

"Mitt möte kommer att hålla på hela dan och
troligen en bit in på kvällen. Sen blir jag säkert
tvungen att bjuda kunden på middag på krogen
efteråt. Det kan bli sent. Du kommer att få
jättetråkigt."

"Det gör inget. Jag kan roa mig själv. Och
eftersom det är på en fredag så kan vi ju stanna
över helgen."
Hon hade naturligtvis rätt, så jag gav med mig, även
om jag tyckte att Östersund var en sällsynt tråkig
stad.

Jag bokade ett dubbelrum, för en natt på ett av
stadens bättre hotell, på företagets bekostnad. Jag
hade pratat med chefen och han hade godkänt att

även min sambo fick bo på företagets bekostnad.
Det var ju natten mot lördag så rummen var
helgbilliga. Ett dubbelrum var billigare än ett
enkelrum mitt i veckan.

Resan startades klockan sju på morgonen och vi var
framme i Östersund strax före klockan tio. Mitt
kundmöte skulle inte börja förrän klockan elva, så
jag hade tagit det lugnt på vägen dit. Vi hade god
tid att beundra naturen efter vägen, även om Nemi
inte verkade så intresserad, utom då vi rastade invid
ett brusande vattenfall i Indalsälven.
   ”Jag vill simma!”
   ”Du är inte klok. Det är iskallt i vattnet och det är
strömt. Du kommer att slå ihjäl dig mot stenarna i
forsen”!
Hon tittade besviket på mig men sa inget.

Väl på plats och efter avklarade tjänstemöten och
middag som avslutades klockan nio på kvällen,
träffade jag åter Nemi på vårt hotellrum.
Innan vi gick till sängs frågade jag, ”Har du fått i
dig någon mat under dan”?
   ”Pizza till lunch och hamburgare till middag.”
   ”Det låter väldigt lite för en hel dag.”
   ”Jag behöver inte så mycket.”
   ”Vad gjorde du för övrigt, hur fördrev du tiden?
   ”Strövat omkring i staden och på Frösön. Jag
simmade i sjön.”
   ”Men du hade väl ingen baddräkt med dig?”
   ”Jag simmade naken.”
   ”Naken! Var det ingen som såg dig”?

”Jo, några människor. Men det var ju bara när jag klädde av och på mig, och när jag gick i och upp ur vattnet förstås. När jag simmade kunde dom ju inte se så mycket.”

”Vad gjorde dom som såg dig? Var det ingen som sa något?”

”Ingen sa något, men dom tyckte nog att det var roligt för dom tittade intresserat på.”

Jag kunde bara ruska på huvudet och konstatera för mig själv, *Nemi är inte som andra flickor som jag träffat.*

”Det måste ha varit kallt. Var det fler som badade?”

”Nej, det var fjorton grader i sjön så jag var ensam i vattnet. Men det var skönt.”

”Var det trevligt för övrigt?”

”Det hände något på Frösön medan jag var där. Det väckte tydligen en väldig uppståndelse. En massa människor har uppenbarligen sett det. Tyvärr missade jag det hela eftersom jag var på toa just då.”

”Vad hände?”

”Det var tydligen något med något monster i sjön, men jag vet inte. Jag missade ju det. Det hade varit roligt att se. Jag gillar monster.”

”Aha, Storsjöodjuret. Det är en gammal skröna. Det finns inget monster. Det är synvillor som folk gärna vill tolka som monster.”

”Jaha, men det finns tydligen en massa vittnen den här gången.”

”Jasså. Men det var förmodligen något naturligt fenomen i alla fall.”

”Kanske”, log Nemi.

”Fick du reda på något mer intressant?”

”Ja”, sa hon med strålande uppsyn, ”det finns ett
ställe som heter Borgvattnet inte så långt härifrån.
Jag har läst om det tidigare. Där finns en gammal
prästgård som det spökar i. Jag har alltid önskat att
få träffa ett riktigt spöke. Vi kan väl åka dit. Man
kan sova över i huset.”

Hennes entusiasm var påtaglig.

”Men Nemi! Det finns inga spöken. Det är ju
bara rövarhistorier.”

”Det finns människor som sett spöken där. Snälla
kan vi inte åka dit.”

Hennes vädjande ton och bedjande ögon, som en
hund, gjorde att jag gav med mig.

Jag lyckades efter visst besvär hitta telefonnumret
till värdparet, som stod för uthyrning av rum i den
gamla prästgården. Jag bokade ett av spökhusets
rum, gråterskornas rum, det där man oftast sett
spöken. Människor som övernattat i det rummet
hade sett tre gråtande kvinnor sitta i rummets soffa.
Vi fick också veta att flera personer skulle övernatta
i huset samtidigt men i andra rum.

När vi var på väg i bilen från Östersund mot
Borgvattnet lyssnade vi på lokalnyheterna i radion.
En rubrik löd:

*Storsjöodjuret visade sig för hundratals personer på Frösön.
Vid ett arrangemang på Frösön med mer än ett hundra
deltagare, under gårdagen, visade sig Storsjöodjuret. Djuret
visade upp sig under omkring fem minuter bara ungefär*

hundra meter från stranden. Samtliga vittnen som förhörts av polis och militär är helt säkra på sin sak.

Vittnesberättelserna stämmer väl sinsemellan. Ovanligt väl för en så omskakande upplevelse.

Det hela började med ett ljudligt plask. Någon hade sett en ungefär femtio meter lång varelse kasta sig upp luften och landa med nämnda plask.

Plasket hade fått alla att se ut mot vattnet. Där hade ett ormliknande monster simmat omkring. Monstret var, som nämnts, omkring femtio meter långt, försett med vingliknande fenor längs kroppen. Huvudet liknade de drakhuvuden som man kan se på medeltida målningar. Ur monstrets käftar sprutade ånga och eldslågor under kraftigt dån. Innan odjuret försvann reste det sig ur vattnet till en längd av omkring tio meter och skickade iväg en pust av eld och ångor som stank så fruktansvärt att flera åskådare kastade upp.

Det som inger visst tvivel om händelsen, är att ett tjugotal vittnen kan gå ed på, att ljust som monstret försvann förvandlades dess anletsdrag till Vladimir Putins.

Polis och militär fortsätter sina undersökningar och vittnesförhör.

Nemi fnissade, "Synd att jag missade det".

Jag var konfunderad och undrade hur man kunde slösa resurser på något som uppenbarligen inte hade skett. Liknande historier hade hörts hundratals gånger tidigare, fast den här gången fanns tydligen ovanligt många vittnen.

Då vi anlände till Borgvattnet och prästgården träffade vi värdfolket, som inte själva bodde i huset, och fick nyckel till den.

"Ha det så trevligt", skrattade värden.
Nemi var lycklig som ett barn och fladdrade runt
och skrattade och fnissade glatt.

Prästgården var ett äldre en och ett halvplans hus i
stående träpanel som var i det närmaste grå av
ålder. På mitten av ena långsidan fanns
huvudentrén under ett litet tak. Till vänster i
anslutning till gaveln låg en köksingång. Huset såg
inte särskilt skrämmande ut men inte heller
inbjudande.

Dom andra som skulle övernatta i huset var ett
sällskap på åtta yngre män i tjugo till tjugofem års
ålder. De såg atletiska och vältränade ut och bar på
ett emblem från någon idrottsklubb.
Nemi slog sig genast i slang med männen som
tycktes uppskatta att prata med den vackra kvinnan.
Jag lyssnade på deras samtal och förvånades över
Nemis naturliga och flytande konversation. Det var
för mig en helt ny sida av henne. Hon skrattade åt
deras skämt och kom själv med underfundiga inlägg
som lockade männen till skratt. Nemis lättsamma
okonstlade sätt charmade flera av männen som
uppenbart blev väldigt förtjusta i henne.
Jag insåg att hon lätt skulle kunna vampa vilken
man som helst om hon ville. Ett sting av svartsjuka
och känsla av utanförskap brände till i mitt bröst,
men jag sa inget.

Nemi frågade några av de unga pojkarna, "Varför
vill ni övernatta i spökhuset? Tror ni på spöken"?

"Vi satt på puben en kväll med våra flickvänner och kom att prata om övernaturliga saker som spöken och sånt. Några av tjejerna sa att dom trodde att spöken kunde finnas", svarade en av grabbarna.

En annan pojke fortsatte, "Vi skrattade naturligtvis åt dom och tyckte dom var löjliga. Att det inte finns spöken vet ju var och en".

"Jasså", flinade Nemi.

"En tjej berättade om prästgården i Borgvattnet och påstod att flera människor sett spöken där", fortsatte en tredje pojke, "då sa jag att det bara var inbillningar och skrönor. Några bevis fanns inte."

Den första pojken fyllde i, "Då utmanade dom oss och påstod att vi inte skulle våga övernatta i spökhuset, men nu är vi här. Vi skall visa att vi törs och det inte finns några spöken här."

"Hur skall ni bevisa att ni verkligen sovit över hos de obefintliga spökena?"

"Man får ett diplom som bevis", sa en av pojkarna och frågade sen Nemi, "Tror du själv på spöken?"

"Ja", fnissade hon, "det gör jag."

Det var uppenbart att flera av de unga männen var nervösa inför äventyret och de uppmuntrade varandra med fraser som, "Det finns ju inga spöken det är vetenskapligt bevisat", eller, "Om det kommer ett spöke så ska jag artigt konversera det och fråga om det vill ha en öl", och liknande prat.

Vid elvatiden på kvällen gick Nemi och jag och lade oss i sovrummet, gråterskornas rum, på övervåningen. Vi var dom enda som skulle sova på den våningen.

I det gamla huset knarrade varje trappsteg upp till övervåningen och golvet däruppe lät som om en hela arme gick fram. Den gamla låsmekanismen till vår sovrumsdörr lät som en slagverksorkester. Om några spöken skulle röra sig i det här huset måste de sväva fram och krypa genom nyckelhål om de skulle undvika att höras.

Grabbgänget satt kvar i köket och ölade. Det var tydligt att ju längre kvällen led ju mindre angelägna blev de att skingras för att gå och lägga sig, även om ingen av dom skulle sova ensam utan två eller tre i samma rum. Pojkarna var klart nervösa inför natten.

Vid tolvslaget från en gammal väggklocka någonstans i huset, precis när jag höll på att falla i sömn, kände jag att Nemi rörde sig i sängen. Försiktigt reste hon sig upp och ställde sig på golvet. Hon tog fram ett vitt fotsida nattlinne i bomull, som hon gömt under kudden, och drog det över huvudet. Förvirrat halvsovande frågade jag, ”Vad håller du på med”?
   ”Jag måste gå på toa, sov du.”
Hon rörde sig mot dörren.
Det slog mig att någonting inte stämde men jag kom inte på vad. Så öppnade hon sovrumsdörren

gick ut i korridoren och stängde dörren efter sig. *Ljudlöst!* Jag insåg plötsligt vad som var fel, hon rörde sig utan att ett ljud hördes. Inget golvknarr, inget slammer från dörrlåset, inget ljud när dörren slog igen, inga fotsteg utanför sovrummet. Blick stilla i sängen funderandes över detta mysterium lyssnade jag andlöst efter minsta ljud.

Först hördes bara de unga männens lågmälda prat som ett avlägset sorl från köket där de satt. Sedan kom ett svagt gnyende som övergick i gråt, ett spädbarns gråt. Det blev dödstyst i köket. Gråten tilltog i styrka och nu hördes också rösten av en förtvivlad ung kvinna, "Mitt barn, mitt barn, var är du, vem har tagit dig", sedan övergick rösten i ilska,
   "Är det du, av gud förbannade präst, som stulit mitt barn."
Och sedan kom höga ångestfyllda kvidanden.
Det blev tyst en lång stund, gravlikt tyst, i hela huset.
Så småningom började, av rädsla, högljudda röster höras från grabbgänget, "Det är någon som driver med oss, vi måste gå och titta efter".
Lång tystnad. "Va fan är det ingen som vågar. Det finns ju inga spöken det vet ju alla normala människor. Törs ingen följa med?"
Tystnad igen. "Då får jag väl gå själv då. Tänd elbelysningen."
En annan röst, "Elen fungerar inte".
   "Ge hit ficklampan så skall jag gå och titta, djävla sillmjölkar."

En dörr öppnas och tveksamma fotsteg hördes
knarra fram på undervåningen.
Så plötsligt, "Förbannade vare de mansfolk som
gör ogifta jungfrur havande. Förbannade de
mansfolk som dödar sin avkomma. Förbannade är
allt mansfolk som torts träda in i denna byggnad.
Er tid är kommen!"
En fasansfull gäll kvinnoröst ekade.

Ett högt tjut från en man skar genom huset. En
dörr slets upp och ett våldsamt tumult uppstod i
köket, med skräckfyllda vrål, möbler som slogs
omkull och porslin blandat med ölburkar som
ramlade i golvet. Husets ytterdörr slets upp,
springande steg och ångestfyllda rop hördes långt
ut på gårdsplanen. De åtta männens minibuss
startade och försvann med en rivstart. Sen blev allt
tyst, tyst som i en grav.

Blundande låg jag och lyssnade efter minsta nytt
ljud. Då kände jag hur Nemi försiktigt gled ner i
sängen, naken!
*Hur hade hon kommit in igen utan ge ljud ifrån sig? Vad
hade hon sett och hört?*
Jag tände min lilla ficklampa och lyste henne i
ansiktet och frågade, "Vad hände"?
   "Vad då, vad menar du? Jag har varit på toa. Sov
nu."
Förvirrad och omtöcknad av trötthet slocknade jag.

Fram på morgonsidan blev jag tvungen att gå
toaletten för att lätta på trycket.

Golvet knarrade högljutt och dörrlåset skramlade som ett skrotupplag. Jag förstod inte hur Nemi kunde ha rört sig så tyst.

När jag passerade trappan till undervåningen, på tillbakavägen till sovrummet, kastade jag en blick nedför denna. En smärre chock drabbade mig. Nedanför trappan tittandes upp på mig stod en likblek vitklädd kvinna. Hennes linne hade fuktfläckar över brösten så att bröstvårtorna lyste igenom. Jag blundade och ruskade på huvudet. När jag tittade igen var hon borta. Obehaglig till mods återvände jag till vår budoar där Nemis varma villiga kropp väntade.

När värdfolket senare på morgonen anlände och fick se röran i köket undrade de vad som hänt. Nemi sa, "Jag vet inte".

"Jag hörde oljud som skrik och skrammel mitt i natten. Senare hörde jag de unga männens bil starta och försvinna".

Jag utelämnade spädbarnsgråten och kvinnorösten.

"Det enda jag såg när jag var på toa var en vitklädd dam", sa Nemi, "och jag trodde hon var en övernattare. Hon såg helt vanlig ut."

Jag sa inget om den vitklädda kvinna som jag trodde mig ha sett.

"Ja dom kommer i alla fall inte att få något diplom", skrattade den manliga värden.

Medan vi stod där och samtalade dök minibussen med de åtta upp, eskorterade av en polisbil. Dom hade sina grejor kvar i huset men vågade inte hämta

dessa utan poliseskort. Poliserna verkade smått
generade åt sitt ovanliga uppdrag. "Det är inte
första gången", flinade en av dom.

Grabbarna berättade, "Ett spädbarn hördes gråta.
Sedan hördes en förtvivlad kvinna som letade efter
sitt försvunna barn. När en av dom, Erik, gick för
att se efter vad som stod på, så uppenbarade sig en
helt vitklädd kvinna som var så blek som hennes
vita linne. Hennes bröst var blottade och från
hennes röda bröstvårtor droppade det
modersmjölk. Hon närmade sig Erik som flydde in
i köket till de andra. Kvinnan följde efter och
hotade allt mansfolk till livet med hög röst. Hennes
ansiktsuttryck var så fasansfullt att de alla hade
gripits av oresonlig skräck och i panik flytt fältet."
  "Och ni upplevde inget särskilt", frågade en av
poliserna Nemi och mig.
  "Nja, jag såg en vitklädd kvinna men hon såg helt
vanlig ut", sa Nemi.
  "Jag hörde ett förfärligt oväsen när grabbarna
stack sin väg", svarade jag utelämnande allt annat.

När de unga männen hämtat sina grejor, betalt
rummen och åkt tillsammans med polisen sa den
manliga värden, "Tänk vad självsuggestion och
gruppbeteendedynamik kan åstadkomma. Men den
vita dam som er fru såg kan jag inte förklara. Men
det är ju fler än ni som sett henne."
Vi betalde rummet, fick våra diplom och åkte
därifrån. "Välkommen tillbaka", log värden smått
ironiskt.

”Ja, tack gärna”, svarade Nemi med ett leende.

När vi åkte ut från prästgården hördes ett fniss från
Nemi som hon förgäves försökte dölja.
Jag blev lite irriterad så jag frågade, ”Vad fnissar du
åt”?
”Det var roligt att få träffa den vitklädda damen,
ett äkta spöke.”
”Nemi, allvarligt. Vad har du med hela den här
historien att göra?”
”Jag? Jag var ju på toa.” Hon vred på huvudet
och tittade ut genom sidorutan, men jag anade ett
möjligt glatt leende även om jag inte kunde se
hennes ansikte.

Det var en helt ny sida av Nemi som jag sett. Jag
som trodde att hon egentligen var ganska
bortkommen men hon visade sig vara socialt
mycket kompetent. Dessutom hade hon mot de
unga männen uppträtt med en sexig självsäkerhet
som totalt hade kunnat förvrida huvudet på dem.
Hon kunde ha fått vilken av dom som helst i säng
om hon velat. Hon visade även upp en humoristisk
sida med sitt skämtande och skrattande när hon
pratade med männen, något som jag inte tidigare
sett hos henne.
Det förargade mig att hon visade detta först nu och
dessutom mot helt okända människor, unga män,
och inte mot mig. Egentligen borde jag vara glad att
få leva ihop med en så sällskaplig och humoristisk
flicka, men glädjen hade svårt att infinna sig.
Irritationen gjorde att jag inte tänkte släppa den

märkliga nattliga upplevelsen innan Nemi förklarat vad som skett. Jag var helt övertygad om att hon var inblandad på något sätt.

"Nemi, du måste ha hört barnagråten, den olyckliga kvinnan och oväsendet när de unga männen flydde, även om du var på toan som du påstår?"

"Hörde du också barnet och kvinnan? Du sa inget till värdfolket eller polisen." Hon tittade förvånat på mig.

"Ja jag hörde. Du måste också ha hört det."

"Göran, jag tror att du har någon sorts déjà vu - upplevelse. Du hörde de överspända unga männen berätta om sitt inbillade möte med kvinnan, det kallas masshysteri. Och nu tror du att även du själv upplevt det. Jag tvivlar inte på att du hörde oväsen när pojkarna lämnade köket i panik. Men när det gäller det andra så tvivlar jag. Jag borde som du säger i så fall ha hört något när jag var på toa."

"Men du hörde inte ens när gänget flydde och förde ett obeskrivligt väsen. Det tycker jag verkar otroligt."

"Jag kanske spolade i toaletten och tvättade händerna just då."

"Jag tror att du är inblandad på något sätt."

"Tror du verkligen att jag skulle gå omkring och spruta modersmjölk på unga pojkar? Jag har inte någon mjölk. Jag kan ju inte ens bli gravid som bekant."

Nemi fnissade förtjust. Det var tydligt att hela saken roade henne omåttligt.

”Jag såg den vita damen! Det gjorde du också enligt vad du sagt tidigare.” Jag ville ännu inte släppa det hela.

”Jasså gjorde du. Det var ju lyckat att vi båda två fick se ett riktigt spöke. Det var det jag hoppades på när jag föreslog att vi skulle åka till Borgvattnet.” Nemi småskrattade.

”Nemi! Det finns inga spöken!”

”Men du har ju själv sett ett.” Hon log brett. Drev hon med mig? Ilskan kokade inombords men jag försökte behärska mig.

”När du gick på toa rörde du dig alldeles ljudlöst.”

”Jag ville inte störa dig eller någon annan.”

”Grejen är den att det är omöjligt att röra sig i huset utan att golven knarrar högljutt. Det går heller inte att öppna sängkammardörren utan ett kraftigt skrammel. Hur gjorde du?”

”Jag svävade som ett spöke”, skrattade hon, ”men sådana finns ju inte enligt dig.”

Det brast för mig. **”Nu får du för fan berätta hur du är inblandad i tokerierna”**. Jag skrek åt henne. Hon bara tittade lugnt på mig och sa, ”Akta dig för åkalla den du nyss nämnde vid namn. Det kan sluta illa”, hon fortsatte, ”tids nog skall du få höra många sanningar.”

”**Helvete**”, vrålade jag.

”Först lägger du ut dig för en massa okända karlar och sedan har du en massa fuffens för dig som du inte vill berätta om.”

”Aha, det är där skon klämmer. Att jag flirtade med pojkarna. Det gjorde jag för att tillfredställa

mitt ego. Jag är", hon tvekade någon sekund,
"kvinna, och vill känna att jag är attraktiv och
utövar dragningskraft på män. Men du och jag är
oskiljaktiga, förenade för evigt. Jag kommer aldrig
att lämna dig. Du behöver aldrig vara svartsjuk på
mig." Hon log varmt.
Hon hade naturligtvis rätt. Det som retat mig från
början var ju hennes koketteri för de unga männen.
    "Förlåt att jag blev arg. Det var fel av mig."
    "Du behöver aldrig be mig om förlåtelse för
någonting. Du kan inte såra eller skada mig."
Jag hade fortfarande inget svar angående
spökerierna. Hade Nemi rätt? Var det déjà vu? Hon
hade gjort mig osäker och jag lät saken bero för
tillfället.

Eva

En kväll när jag satt och slötittade på TV och Nemi som vanligt läste på sin läsplatta ringde det på dörren. Det var inte precis vanligt att så skedde och då brukade det vara någon dörrförsäljare eller liknande. Och det här var ovanligt sent på kvällen. Tveksamt gick jag och öppnade, medan Nemi fortsatte att läsa utan att reagera på dörrklockans ringande.

När jag öppnade dörren fick jag en glädjechock, min älskade lillasyster Eva.

Hon log vänligt men lite tveksamt. Hon undrade väl hur hon skulle bli mottagen.

Jag kramade hjärtligt om henne och vi föll båda i gråt. Jag visade in henne i lägenheten, tog hennes kappa som jag hängde upp. Hon hade även en liten väska med sig som vi ställde i hallen.

När vi steg in i vardagsrummet och jag just skulle presentera henne för Nemi sa hon, innan jag hann öppna munnen, "Hej Nemi"!

Nemi log varmt mot henne och svarade, "Hej Eva! Välkommen."

Jag stod fullkomligt handfallen. *Drömmer jag igen? Vad händer?* Till slut utbrast jag förvirrat.

"Känner ni varandra"?

"Ja", sa Eva.

"Ja", sa Nemi.

"H... hur då?" stammade jag.

"Lång historia", svarade Eva.

"Nåja", sa Nemi.

"Jag stötte på Nemi på en konferens för geologer, i Luleå, för några veckor sedan, och hon bjöd hem mig till sig. Jag kände ju igen adressen så jag var ytterst tveksam om jag skulle nappa. Men Nemi berättade så positivt om mannen som hon bodde ihop med så jag beslöt att göra ett försök att återuppta förbindelsen med dig Göran."

"Känner ni varandra?" frågade Nemi förvånat.

"Ja, din sambo Göran är min storebror".

Eva strålade av glädje.

"Fantastiskt", log Nemi.

Jag var också överväldigad av glädje. Det var först senare som det underliga med att Nemi varit i Luleå och händelsevis råkat träffa min syster där, slog mig. Var ett sådant sammanträffande överhuvudtaget sannolikt? Och vad hade Nemi haft för ärende i Luleå och på en konferens för geologer? Och varför hade hon inte nämnt att hon bjudit hem en för henne okänd kvinna till mitt hem?

Jag började misstänka att slumpen hade mycket lite med den glädjande händelsen att göra. Jag beslöt att fråga Nemi senare, när min syster hade åkt hem.

”Ååh, vad glad jag blir att du har kvar lerskålen som jag gav dig för många herrans år sedan”, kvittrade Eva.

”Ja”, mumlade jag och tänkte med en rysning på mysteriet med den sönderslagna skålen som nu var hel utan synbara defekter eller lagningar.

”Han älskar den skålen”, kom det från en leende Nemi.

”Stannar du länge”, frågade jag och la till, ”du får förstås stanna hur länge du vill.”

”Jag kan stanna en vecka”, svarade Eva och fortsatte, ”ni har ju inte så mycket utrymme så jag har bokat rum på det berömda hotellet med trappan i Carraramarmor, centralt i stan.”

”Men du kan ju bo hos oss”, protesterade jag. Jag såg att Nemi och Eva växlade blickar innan hon svarade, ”Jag tror att det är bäst att jag sover och äter frukost på hotellet. Nemi och jag kan umgås på dagarna och sedan alla tre på kvällarna, när du slutat ditt arbete.”

”Okej!”

Vi hade en trevlig kväll där Eva och jag återupplivade gamla minnen. Nemi lyssnade mest. Vid tiotiden på kvällen körde jag Eva till hotellet. Under bilfärden gratulerade hon mig till att ha träffat en så trevlig, vacker och skötsam flicka som älskade mig djupt. Jag nickade till svar men sa inget.

Nästa dag på jobbet googlade jag på nätet om geologikonferens i Luleå.

Jag bläddrade bland rubrikerna i lokaltidningen:
Bilolycka vid Kallax
Misshandel på torget
Brutalt dubbelmord i Bergnäset
Internationell geologikonferens på LTU
Mycket riktigt, det hade varit en konferens för
världsledande geologer från hela världen på Luleå
Tekniska Universitet. Min syster som var
bergsingenjör med inriktning på mineralogi och
geologi hörde tydligen dit eftersom hon var en av
talarna. I tidningen för det aktuella datumet fanns
bilder från konferensen och den efterföljande
banketten. Nemi fanns med på några bilder av
konferensdeltagarna, både från föredragen och från
efterföljande banketten.
Men vad hela friden gjorde hon där?

Tjejerna trivdes utmärkt ihop, skrattade och
fnittrade ibland som tonåringar.
På kvällarna promenerade vi, gick på krogen, åt
gott, lyssnade på musik, eller diskuterade vetenskap,
konst och litteratur. Vi hade jättekul ihop.
När jag sista dagens kväll skjutsade Eva till
flygfältet, som låg på en ö i älvdeltat norr om
staden, sa Eva, "Nemi är en underlig men underbar
flicka. Du måste hålla fast vid henne! Jag tror att
hon är din livräddare."

"Ja", svarade jag. Att leva utan Nemi framstod
vid den här tiden som omöjligt för mig. Hennes
ord, "Vi är förenade för evigt", kändes bindande
och äkta.

När Eva hade åkt frågade jag Nemi vad hon hade gjort i Luleå.

"Det vet du ju. Eva har ju berättat det. Jag var på konferens."

"En konferens i geologi?"

"Ja, jag är mycket intresserad av geologi."

"Men konferensen var ju för experter?"

"Jag är expert på, bland annat, geologi", log hon.

"Men man måste ha en inbjudan från någon för att delta i konferensen. Hade du det?"

"Ja."

"Jaså, från vem?"

"Från Norra Sveriges Geologiska sällskap."

"Det har jag aldrig hört talas om."

"Det är nybildat."

"Jaså, vilka står bakom det?"

"Några välrenommerade svenska geologer."

"Hur många medlemmar finns det?"

"Fyra."

"Fyra??"

"Ja."

"Hur kommer det sig att du fick en inbjudan? Hur kan dom känna till ditt för mig okända intresse för geologi?"

"Jag var med och bildade sällskapet och är sekreterare."

"Sekreterare? Du skickade alltså inbjudan till dig själv."

"Ja det är rätt."

"Och då råkade du, i Luleå, av en händelse stöta på Eva min lillasyster och bli vän med henne. Och

dessutom bjuda hem henne till mitt hem utan att
veta att hon är min syster.”

”<u>Vårt</u> hem! Ja så var det.”

”Ursäkta Nemi, men jag tror inte på att det var
ett slumpmässigt sammanträffande.”

”Så var det i alla fall.”

”Jag tror att du planerade sammanträffandet med
Eva.”

”Jag kan inte hindra dig från att tro vad du vill
tro.”

”Var det så?”

”Jag har ju redan berättat hur det var.”

Jag trodde henne inte men kunde bara skaka på
huvudet åt det hela. Nemi verkade inte ett dugg
upprörd över att jag inte trodde henne och indirekt
anklagade henne för lögn. Hon tittade bara på mig
med en neutral min, kanske med en antydan till
leende. Jag vet inte.
Missnöjd med hennes undanglidande beslöt jag
ställa saken på sin spets.

”Nemi, lerskålen som jag fått av min syster”.

”Ja den är vacker.”

”Du råkade knuffa till den så att den föll i golvet
och gick i bitar. Minns du?”

”Nej.”

”Du bad om ursäkt, samlade ihop skärvorna och
la dom på skrivbordet.”
Nemi tittade oförstående på mig när hon sa,
”Skålen är ju hel”!

”Ja just det. Utan tillstymmelse till lagning trots att den var klumpigt lagad redan innan du slog ner den. Hur kan man förklara det?”

”Inte vet jag. Jag minns inte att jag slagit ner den.” Nu hade hon den där blicken av oskuldsfullhet som gjorde det svårt att inte tro henne.

Jag kunde bara sucka och låta saken bero tills vidare. Det kunde ju vara så att jag inbillat mig det hela. Men den gamla lagningen var jag ju så säker på, kunde den verkligen vara inbillning.

Familjeliv

Under flera månader levde vi ett harmoniskt liv ungefär som ett lyckligt gift par.
Vi gick promenader på kvällarna, hand i hand. Vi pratade konst, litteratur och lyssnade på musik. Och naturligtvis, vi läste. Nemi mest. Hon läste oerhört snabbt och kunde läsa en tegelsten på en dag på sin läsplatta. Hon klagade på att hon bara fick låna sju e-böcker i veckan på biblioteket varför jag även skaffade ett lånekort i grannstaden.
I bland gick vi på restaurant och åt gott. Nemi drack ingen alkohol, det var förbjudet och kunde påverka henne, och naturligtvis inte jag heller. Mjukt kärleksfullt med tydlig glädje kom hon till mig vid minsta invit från min sida. När vi lade oss på kvällarna kröp hon genast in i min famn.
Nemi var en fantastisk samlevnadspartner. Enda smolket var när hon utan förklaring försvann, en eller två dagar, någon gång under längre tid.

Jag försökte intressera Nemi för skogen och naturen. Hon var måttligt intresserad.
    ”Skogen, där finns bara träd, djur och annat småskräp.”

"Vad menar du med småskräp?"

"Det som inte är träd eller djur."

"Som till exempel?"

"Tja, vad vet jag. Huldror, eller skogsrå som man säger här, vittror och småfolk kanske."

"Men Nemi! Du menar väl inte på fullt allvar att du tror på tomtar och oknytt?"

"Nej. Jag tror inte på tomten."

"Det är fridfullt att gå där. Lyssna på fåglarna, känna dofterna. Man kan också plocka bär och svamp. Har man tur kan få se något djur, som räv, hare eller älg."

"Vill man se djur kan man gå till en djurpark. Bär och svamp kan man köpa i affärer. Du har ju själv visat mig saluhallen. Där finns ju allt möjligt."

"Jag gillar att gå i skogen. Om du inte vill följa med på mina skogspromenader kan du sitta hemma och uggla för dig själv!"

Irritationen gjorde att jag var ganska kärv i tonen. Hon tittade förvånat på mig och sa sen, "Okej. Jag följer med på dina skogspromenader. Kanske kan jag lära mig att uppskatta den världen, som du gör."

Någon vecka senare var vi ute och gick i skogen på Södra Berget. Det var en fin solig dag och inte för varmt, omkring arton grader.

Till en början följde vi en väl upptrampad stig uppför sluttningen. Väl uppe där det blev flackare, vek jag in på ett mindre markerat spår, förmodligen en djurstig. Nemi var inte road och kastade oroliga blickar omkring sig. Hon började också sacka efter.

För att muntra upp henne sa jag, "Det finns inget farligt här".

"Jasså, du säger det", svarade hon med ett tveksamt leende.

När vi gått i ungefär femton minuter uppe på berget, mötte jag en ensam kvinna. Hon stirrade intensivt påträngande på mig när hon passerade. Nemi befann sig ungefär tio meter efter mig. Några sekunder efter att kvinnan passerat mig hördes plötsligt ett högt ljud, som om någon slog ihop handflatorna med kupade händer. Ögonblicket senare kom en hare springande bakifrån förbi mig och fortsatte längs stigen i full panik. När jag vände mig om såg jag bara en sammanbiten Nemi.
Kvinnan var försvunnen! *Hon kunde omöjligt ha hunnit utom synhåll!*

"Vart tog kvinnan vägen?"

"Vilken kvinna?"

"Du måste ha mött henne!"

"Jag såg bara en hare. Den blev skrämd och sprang sin väg."

"Kvinnan som jag mötte. Du måste ha sett henne."

"Hon vek väl av in i skogen."

"Det kan hon inte ha hunnit. Du måste ha sett henne!"

"Jag såg henne inte! Kanske hade jag uppmärksamheten riktad mot något annat."
Nemis röst var vass och irriterad. *Så olikt henne!*

"Jag mötte en kvinna. Fem sekunder efter att hon passerat mig kom haren springande och när jag då vände mig om så var hon borta."

"Hon kanske förvandlades till en hare? Du skall få ett gott råd, vänd aldrig ryggen till mot ensamma okända kvinnor som du möter i skogen. Man vet inte vad som kan hända." Tonen var sarkastisk.

"Jag förstår inte." *Drev hon med mig?* Men hon hade ju inte de där smilet som hon brukade ha, utan såg bistert sammanbiten ut. *Bäst att släppa det hela.*

"Du ser", fortsatte hon, "att gå i skogen är inte nyttigt om man får hallucinationer av det. Vi går hem!"

Någon förklaring fick jag inte och Nemi följde aldrig mer med mig ut i naturen.

Det var också något annat med Nemi som jag inte blev riktigt klok på. Ibland verkade hon omgiven av någon sorts osynligt kraftfält.

En gång när vi var ute på en av våra kvällspromenader gick vi Dalgatan söderut över järnvägen upp på Södermalm och villorna där. I en trädgård brukade ett par hundar av rasen Dobermann Pinscher springa lösa. De verkade alltid väldigt aggressiva och jag var tacksam för det höga stängslet som omgav fastigheten. Jag hade ryktesvägen hört att de vid ett tillfälle kommit lösa och anfallit ett par som blev svårt bitna. Det var tal om att hundarna skulle avlivas, men ägaren fick behålla dem med villkoret att de hade munkorg då de vistades utanför tomten.

Nu föll det sig så att när Nemi och jag närmade oss det aktuella huset, hördes ett vrål och de två jyckarna gick till anfall mot oss. På något sätt hade de lyckats rymma och jag tänkte, *nu är det klippt*. För att skydda Nemi ställde jag mig framför henne och var beredd att slåss för hennes liv.

Men Nemi klev fram med armarna hängande utmed sidorna. Precis när bestarna skulle kasta sig över oss böjde Nemi högra armen vid armbågen och satte upp sin handflata mot hundarna.

Dessa tvärstannade och kastade sig genast gnyende till marken medan dom visade sina strupar. Dom erkände sig besegrade och bad för sina liv. Nemi gjorde en gest, hon knöt handen och öppnade den sedan med en snärt så att fingrarna spretade i den riktning anfallet kommit ifrån, varvid Pinschrarna försvann, fortfarande gnyende med svansen mellan benen.

Nemi konstaterade som svar på min häpna min,

"Jag hade en hund en gång. En Chihuahua."

"En Chihuahua? Det är ju en lite skit. Dom här var riktiga bestar."

"Hundar vet inte om dom är en Chihuahua eller en Irländsk Varghund. Dom vet bara att dom är hundar", förklarade hon leende.

"Men man kan inte stoppa anfallande hundar med en gest."

"Inte? Jag gjorde precis det, alldeles nyss."

"Men hur?"

"Man måste se bestämd ut." Hon flinade.

Jag förstod att jag inte skulle få ur henne mer, så jag
teg.

Om Nemi inte gillade att gå i naturen, var det tvärt
om med staden. Hon älskade att gå omkring och
titta i skyltfönster eller studera människorna som
jäktade fram och tillbaka på stadens gator och torg.

Vid ett tillfälle när vi promenerade i centrala staden
och passerade den stora fontänen i parken invid
torget, sa Nemi plötsligt, "Jag måste gå på toa". Sen
försvann hon.
Jag satte mig på en parkbänk för att vänta på
henne. Under tiden tittade jag på alla barn som
lekte vid fontänen, och de pensionärer som också
tittade och drömde om svunna tider.

Plötsligt hördes glada rop och skratt från barn. När
jag tittade upp såg jag att fontänens strålar var
spiralrandiga i vit, rött och grönt, som polkagrisar.
Även i bassängen vid foten av fontänstatyn var
vattnet randigt i olika varierande mönster som
rörde sig, utan att färgerna blandades.
Barnen tjöt av förtjusning medan de vuxna stirrade
utan att förstå vad som hände. Så slutade alltihop
och fontänen återgick till ordningen. I samma veva
som Nemi kom tillbaka med en frågande min.
   "Vad har hänt", undrade hon, "alla verkar så
uppjagade."
   "Jag vet inte. Någon färgade fontänen."
   "Verkligen. Men det syns inte."

"Nej. Någon avfärgade den igen."
"Jaha, synd att jag missade det hela." Hon log
glatt. *Var Nemi inblandad i det hela?* Jag frågade,
"Har du med fontänenfärgningen att göra"?
"Hur skulle jag kunnat vara det? Jag var inte ens i
närheten."

Jag har alltid gillat katter och tidigare funderat på
att skaffa en. Det som avhållit mig var att jag insåg
att mitt eget missbruk skulle leda till att katten
skulle utsättas för vanvård. Nu när jag kände mig
mer harmonisk föreslog jag att vi skulle skaffa en
kattunge. Nemi tittade med omaskerad avsmak på
mig och sa kort och ytterst bestämt "<u>Nej</u>"!
Det korta bestämda svaret överrumplade mig och
jag förstod att något förhandlingsutrymme inte
fanns.
Efter en händelse några veckor senare insåg jag att
katters och Nemis förhållande till varandra var
ömsesidigt avogt.

Under en promenad gick vi förbi en trädgård där
en katta med sex kattungar lekte under uppsikt av
några barn i 10-årsåldern. Jag frågade om jag fick ta
upp en kattunge, vilket jag fick. Min avsikt var att
visa Nemi den för att beveka henne att även vi
skulle skaffa en misse.

Ungen trivdes och lekte i mina händer och kattan
accepterade det utan protester. Men när jag gick
fram mot Nemi med den i mina händer började
den gnälla i högan sky och försökte slingra sig ur

min famn. Kattan som från början ställt sig mellan
ungarna och Nemi, sköt nu rygg och förvandlades
till en uppburrad ilsket fräsande jätteborste med
blottade tänder och utspärrade klor. Hon var
tydligen beredd att försvara sina ungar med sitt liv.
Kattan betraktade tydligen Nemi som ett dödligt
hot mot sina ungar, inte utan orsak skulle det visa
sig.
Jag hörde ett svagt gurglande ljud bakom mig och
när jag vände mig om såg jag Nemi med ilsket
lysande ögon, blottade tänder och fingrar krökta
som om hon ville döda kattan. Det var ur hennes
strupe det gurglande morrandet kom. Skrämd satte
jag ner kattungen och drog iväg Nemi från platsen.
   "Jag tål inte katter!"
Om det berodde på allergi eller hade annan orsak,
fick jag aldrig klart för mig.

Men händelsen påminde mig om första gången jag
rörde Nemi, smekte henne på ryggen, första natten
vi sov i samma säng. Hon hade rasande kastat sig
över mig.
Jag hade trott att det mesta det minnet var en ond
dröm. Jag insåg nu att allt kanske varit verkligt.
Minnet från natten hade klarnat något.
Det våldsamma anfallet och hennes raseri.
Hon kanske kunde ha dödat mig då.
Under stor vånda beslöt jag att prata med henne.
Jag frågade om den första natten i sängen, om
hennes raseri och aggressivitet.

"Nemi! Minns du första natten då du sov i min säng och jag tog dig på ryggen?"

"Ja, mycket väl."

"Du attackerade mig. Tänkte du skada mig då?" Hon tittade länge forskande på mig innan hon svarade, "Du och jag är förbundna för evigt. Vi kommer aldrig att kunna göra varandra illa."

"Men den gången. Den natten", envisades jag. Hon såg mig i ögonen när hon svarade, "Vad vill du att jag skall svara? Vilken betydelse skulle mitt svar ha för dig? Välj själv det svar som passar dig bäst. Det som hände före vår förening saknar betydelse för nuet."

Jag förstod inte vad hon menade, men jag insåg det inte var någon ide att prata mer om saken.

Semester

Sommar och fyra veckors semester. Jag ville bort
från stan ett tag så jag föreslog Nemi att vi
skulle ta bilen och åka någonstans.
Hon tittade på mig med undrande blick.
   "Varför"?
   "Jag behöver miljöombyte."
   "Vart vill du åka och hur länge skall vi vara
borta", frågade hon med olust i rösten.
   "Vi åker ner genom Sverige i sakta mak, via
Stockholm, ner till Skåne. Vi kan väl vara borta i
två veckor eller så."
   "Två veckor", hon lät ytterst tveksam på rösten,
"men våra växter. Dom klarar inte två veckor utan
vatten."
   "Vi ber grannfrun att vattna blommorna och ta
hand om posten, vad säger du?"
Nemi såg fortfarande skeptisk ut, men till slut sa
hon, "Okej. Men då bor vi på hotell och äter ute.
Inget campingliv för mig tack!"
   "Men det blir väldigt dyrt", jag tänkte på att min
semesterkassa var en ändlig resurs.
   "Jag har väldigt mycket pengar", kontrade hon.
Jag gav med mig, "Okej. Vi bor på hotell. Men då
får du vara med och betala."
   "Med nöje", log hon.

Vårt första etappmål var Stockholm.

Under den långa färden, på E4:an söderut, pratade vi om alldagliga ting, som de senaste nyheterna, vädret och det politiska läget i världen. Men vi sjöng även.

Min sångröst är inget att yvas över, så Nemi fick sig många glada skratt när jag sjöng gamla barnvisor som jag kom ihåg från skolan. Till exempel, 'Vi gå över daggstänkta berg', 'Mors lilla Olle' och 'Bä, bä, vita lamm'.

"Du låter som en hes kråka." Hennes skratt var hjärtligt klingande.

Själv sjöng hon Tosca och Carmen med hög och klar stämma. Det lät riktigt bra.

När jag försökte leda in samtalet mot hennes tidigare liv innan hon träffat mig, så blev svaren undvikande och kortfattade. Jag hade undvikit samtalsämnet under lång tid sedan vi träffades, då jag märkt att Nemi inte var villig att prata om det. Jag var fortfarande väldigt nyfiken på hur hon levt tidigare. Nu när vi satt i bilen tyckte jag att det var tillfälle att ta upp saken igen. Nu kunde hon ju liksom inte komma undan, gå åt sidan eller gå sin väg.

"Innan du kom till norrland, vad gjorde du då?"

"Reste omkring och letat efter en person."

"Jasså. Hittade du den du sökte?"

"Ja, till slut."

"Får jag fråga vilken personen var?"

"Nej."

Tycks vara känsligt. Undrar varför. Litar hon inte på mig?

”Okej, berätta om din barndom och uppväxt.”

”Du vet att jag inte kan. Det är förbjudet.”

”Det var också förbjudet för dig att ha samlag med mig.”

”Ja. Men min kärlek till dig var och är större än rädslan för konsekvenserna.”

”Jag är mycket tacksam för att du älskar mig. Men att berätta vad man gjort tidigare kan väl inte vara farligt om man inte är kriminell eller liknande.”

”Det skulle kunna vara mycket farligt. Det skulle bryta mot vissa regler, som jag måste rätta mig efter.”

”Regler, vadå för regler?”

”Det tänker jag inte berätta. En annan sak som är viktigare för mig är att om jag berättar skulle det förmodligen påverka vår relation.”

”Hur då? Påverka vår relation?”

”Fråga inte mer nu. Tids nog får du veta.”
För första gången sedan vi träffades såg hon gråtfärdig ut.

”Okej!” Jag förstod inte ett dyft, men insåg att det var klokast att hålla klaffen. Vi satt länge tysta. Till slut frågade jag i alla fall, ”Har du varit i Stockholm tidigare”?

”Ja. Det har jag. Det är en vacker stad.”

”Tycker jag med, men lite för stor för mig att bo permanent i. För högt tempo, för mycket jäkt.”

”Om man turistar behöver man inte jäkta.”
Nu log hon igen.

”Vad gjorde du i kungliga huvudstaden? Bio, teater, eller gick du på museum?”

”Hade inte tid med sånt. Jag letade efter en person.”

”Och du hittade personen i fråga?”

”Ja, men inte där. Vad skall vi göra i Stockholm mer än att gå på Nationalmuseet och Moderna museet?”

Hon var uppenbarligen inte intresserad av att prata närmare om sitt tidigare besök i huvudstaden.

”Det får du bestämma.”

”Då vill jag gå på Medelhavsmuseet. Dom har en utställning om det antika Grekland. Man kan se keramik och statyer från antiken i demokratins vagga. Vissa är 2500 år gamla.”

”Okej. Du får som du vill.”

Tre dagar tillbringade vi i Stockholm innan den fortsatta färden mot Skåne.

Det var en mycket trevligt. Förutom museerna ingick restaurantbesök på några av stans bästa krogar.

Även promenader i Gamla Stan och i flera av stadens parker stod på programmet.

Vi bodde på hotell Malmen vid medborgarplatsen. Nära och bra till tunnelbanan.

Men jag märkte att Nemi inte var riktigt bekväm med att vistas under jord. Hon sa inget, men promenerade eller åkte buss hellre än T-banan.

”Gillar du inte att åka tunnelbanan?”

”Nej. Jag gillar inte underjorden och dom krafter som kan finnas där.”

”Underjordiska krafter? Du är väl inte vidskeplig? Det finns inget farligt i tunnelbanan.”

”Det tror du?”

”Ja, det klart.”

”Då är jag väl bara vidskeplig.”

En eftermiddag inträffade en otrevlig incident på Medborgarplatsen.

En man gick till anfall mot Nemi med ett vrål, och försökte kasta sig över henne. Hon stod blick stilla och gjorde inget försök att komma undan. Hon var helt lugn. Som tur var, var det mycket människor i rörelse så några män i närheten ingrep och brottade ner angriparen, innan han hunnit skada henne. Det krävdes fyra storväxta karlar för att hålla fast mannen, tills polisen kom. Han vrålade hela tiden något på ett utländskt tungomål. Nemi studerade den fasthållne mannen med vad som såg ut att vara ett leende.

”Vad rörde det där sig om?”

”Vet inte. Jag har inte sett mannen tidigare.” Hon smålog fortfarande.

Jag var skakad och uppskrämd.

”Han kunde ju ha skadat dig.”

”Nja. Jag tror inte att det var så farligt.” Hon var fullkomligt lugn och samlad.

Jag fick dock känslan av hon visste vem mannen var, men vis av erfarenheten visste jag att det var meningslöst att fråga vidare. Något svar skulle jag inte få.

Resan ner till Skåne, via Jönköping, Markaryd, Kristianstad, och slutligen Österlen över Brösarp till Simrishamn, tog åtta timmar med raster på vägen. Vi småpratade om småsaker och landskapet som vi åkte genom.

Vid Brahehus, norr om Jönköping, stannade vi till för att fika och titta på den gamla borgruinen och utsikten över Vättern.

När vi passerat Jönköping och kommit upp på småländska höglandet förklarade jag, "Nu kommer vi att passera en å som heter Lagan, fyra eller fem gånger. Jag tappar alltid räkningen."
    "Jasså", sa Nemi och somnade.
Hon sov ända ner till Markaryd där vi stannade för lunch.

Den fortsatta resan blev i stort sett händelselös. Vid Brösarp lämnade vi Ystadsvägen och svängde av mot Kivik för att fortsätta mot Simrishamn. Där hade jag bokat rum för en vecka, på ett mindre hotell.

Nemi hade läst att vid Backåkra, på sydkusten, mellan Löderups Strandbad och Sandhammaren fanns ett strandavsnitt där människor spontant brukar bada nakna.
    "Vi måste åka dit. Du vet ju att älskar att simma naken. Snälla."
    "Okej då."

Naturligtvis gav jag med mig, som vanligt. Jag hade
inte mycket att sätta emot när hon bad om något.

En solig varm lördagseftermiddag kom vi till
parkeringen vid Backåkras strand.
Det var packat med bilar och människor. Det var
inte lätt att hitta parkering men det gick till slut,
även om vi fick gå en bit innan vi nådde själva
stranden.
Väl nere på sandremsan mot havet, fick vi vandra
ytterligare en lång bit i riktning mot
Sandhammaren. Nemi hade studerat kartor och
annat på internet så hon hittade.

Så fort den första nakna människan, en man i
sjuttioårsåldern, dök upp, slet Nemi av sig sina
kläder och dansade fram i vattenbrynet
exponerande sin vackra kropp. Själv behöll jag av
blygsel mina badbyxor på, tills vi hittade ett ställe
där vi kunde slå oss ner i sanden nedanför
strandvallen. Först då tog jag tveksamt av mig
badbrallorna och la mig på vårt medförda badlakan.

Det var många människor av båda könen som
badade utan kläder. Alla åldrar var representerade
från noll till säkert nittio år.
Det var en fin långgrund sandstrand med lätt
varierande djup och långa halvmeterhöga dyningar
som rullade in och bröt mot strandkanten med ett
behagligt brus.

Nemi var nästan i extas och sprang genast ut i havet under glada rop och skratt där hon kastade sig ut i det meterdjupa vattnet. Hon lekte som en tumlare, gjorde hopp, snurrade runt och gjorde volter både i, under och över vattenytan.
Hon dök under vågorna och kom uppskjutande ur vattnet, vände sig i luften så att hon med ett plask landade på rygg vattnet. Precis som en lekande delfin.
Det var ett riktigt skådespel och hennes ystra uppträdande väckte snart uppmärksamhet och lockade flera åskådare ut i vattnet för själva leka eller bara för att titta på.
Speciellt en viss kategori människor samlades runt Nemi. Unga män. Hon verkade inte ett dugg störd av uppmärksamheten utan tvärt om. Det verkade nästan som om hon uppmuntrade tittandet. Hon till och med pratade och skrattade med åskådarna, av vilka flera av männen var noga med att hålla sina underkroppar under vattenytan.

Ett anfall av uppflammande svartsjuka, gjorde att jag övervann min blygsel och naken sprang ut i vattnet till Nemi. Jag skulle minsann visa ungtupparna att hon tillhörde mig och att de inte skulle göra sig några förhoppningar.
Hon kastade sig genast om min hals och gav mig en, med kalla läppar, varm kyss
   ”Å vad underbart roligt. Tack för att du ville åka hit med mig.”

Manövern fick önskad effekt. Åskådarskaran tunnades ut och de som inte avvek helt tittade i stället på längre avstånd.

Jag förstod dom som beundrade den vackra unga kvinnans ystra lek. Det var ett fantastiskt vackert skådespel. Jag insåg att jag också skulle ha gjort likadant om det varit en annan okänd kvinna som uppträdde som Nemi, men svartsjukan ville inte ge vika.

När Nemi till slut kom upp ur vattnet konfronterade jag henne.

”Märkte du inte att en massa män stirrade på din nakna kropp? Att du inte skäms!”

”Varför skulle jag skämmas. Dom var ju också nakna.”

”Ja, och flera av dom hade erektion, dom var kåta på dig.” Jag var arg.

”Ja jag märkte det och jag tyckte om det. Det pirrade i mig och jag blev upphetsad av deras blickar.”

”Så du skulle kunna ha haft sex med någon av dom om du tålt deras beröring?”

Jag var nu ännu argare men ansträngde mig för att behärska mig.

”Kanske”, hon gjorde en paus sen fortsatte hon, ”Ja det skulle jag nog”.

Först blev jag alldeles stum, sen, **”Du menar att du skiter i mig och får lust att knulla med första bäst man du möter bara han är naken och har erektion”**

”Du skulle alltså misstycka?”

"Ja det skulle jag verkligen!" Inombords
skummade jag av raseri.

"I så fall, om du inte tycker om det skall jag inte
ha samlag med någon annan man än dig."
Hon log varmt och ilskan rann av mig.
Nemi fortsatte, "Det är ju heller inte aktuellt att jag
skulle ha samlag med någon annan. Jag skulle inte
tåla dennes beröring."
All min vrede var som bortblåst, men nu blev jag i
stället nyfiken på vissa saker.

"Nemi, skulle du kunna vänja dig vid beröring
från någon okänd man som du vande dig vid mig?"

"Kanske, men det skulle förmodligen sluta illa."

"Vad menar du. Sluta illa."

"Du vet vad jag menar."

"Nemi, om vi antar att du lyckas vänja dig vid
beröring från en hypotetisk man och har samlag
med honom. Kommer du och han då att vara
förenade för evigt, som du säger att vi två är?"

"Nej! Du var den första och hittills ende för mig
och du är utvald."
Det tog en lång stund innan jag fattade vad hon just
sagt. *Vad menade hon? Utvald? Det var ju en tillfällighet
att vi träffades. Eller?*

"Nemi, vad menar du med utvald?"

"Jag har redan sagt för mycket. Fråga inte mer.
Tids nog får du veta."

Även nästa dag ville Nemi åka till Backåkra. Man
hade utlovat storm med vindar på upp till 26 meter
per sekund, spöregn och åska. Dock kring tjugo
grader varmt.

"Jag vill se och höra havet i storm. Jag älskar stormande hav."
Och som vanligt gav jag med mig.

Vi var ensamma på parkeringen vilket inte var att förundras över.
Regnet öste ner så att sikten var högst tio meter. Vinden slet i dom små tallarna uppe på strandvallen. Blixtar ljungade över himlen. Höga vågor på en och en halv meter slog in över stranden med ett öronbedövande dån. Att försöka prata var meningslöst. Jag hade badskor, långbyxor och en tröja. Över detta hade jag vind och regntäta skalkläder. Allt toppades av en stadig sydväst som jag inhandlat hos Skillinge Skeppshandel.
Nemi klev ur bilen i bara en tunn klänning som hon genast tog av sig tillsammans med underkläderna eftersom allt blev genomvått på några sekunder. De våta kläderna klibbade vid hennes kropp, så att hon hade svårt att ta av dom. Men till slut gick det.

Helt naken framåtböjd i den hårda vinden gick hon ner på stranden där hon böjde huvudet bakåt och sträckte armarna i luften. Det såg ut som om hon skrikande tillbad havet. Att höra något var dock omöjligt.
Så plötsligt sprang hon fram och kastade sig in i en brytande våg och jag såg hur hon sögs in i det skummande infernot och försvann.

Bedövad av chock stod jag först förlamad, sedan sprang jag mot stranden vrålande hennes namn trots att jag insåg att det var meningslöst. Det måste vara omöjligt att överleva i detta inferno. Jag hade förlorat henne, hon var borta!

En oändlig sorg och förtvivlan uppfyllde mig när jag gråtande sjönk ihop på stranden. Nu var livet meningslöst. En sugande tomhet gjorde att det kändes som min kropp skulle implodera. Jag tänkte att jag skulle följa hennes exempel och låta mig slukas av vågorna. Jag hade ju inte längre något att leva för. Att återvända till ett liv i ensamhet framstod som värre än helvetet. Bättre då att dö.

Då ett under!
Surfandes liggande på mage över en vågkam, som en delfin som surfar på bogvågen från en båt, kom Nemi glidande, gjorde en överhuvudvolt framåt precis när vågen bröt. Hon hamnade med på fötterna i strandlinjen och kom glädjestrålande fram till mig och gav mig en kram.
När vi kom in i bilen sa hon innan jag hann säga något, ”Underbart”.
Själv var jag så tjock i halsen av glädje att jag inte förmådde säga någonting.
Jag får vänta med utskällningen till senare, tänkte jag.

Det blev aldrig någon utskällning, men jag sa till henne, ”Du skrämde mig rejält. Jag trodde du var borta för alltid.”
   ”Jag kan faktiskt simma!”

"Det går inte att simma i sådana vågor."
"Jag kan."
"Jag hade inte klarat av om du försvunnit och lämnat mig ensam."
"Jag försvinner inte! Vi är bundna till varandra i evig tid. Det vet du!"

Följande dag åkte vi åter till Backåkra. Jag var ångerfull över hur jag behandlat Nemi i min svartsjuka två dagar tidigare. Jag förstod att hon till hundra procent var mig trogen, på sitt sätt. Hon skulle aldrig överge mig.
Hon tittande nu frågande på mig när vi nådde stranden för nakenbad, påklädda. Jag sa, "Nemi, förlåt för i förrgår och mitt uppträdande.
Jag vill att du leker i vattnet som du gjorde häromdagen. Njut av att människor tittar på dig och blir upphetsade. Det blir även jag, du är så vacker."
Glad som ett barn slet hon genast av sig klänningen och underkläderna.
"Tack", varefter hon skrattande sprang ut i vattnet.

Det var lite färre badande denna dag beroende på att temperaturen var lägra och att det blåste mer vilket gjorde att vågorna var kraftigare. Trots detta ansamlades badande i närheten av henne, lockade av hennes glada skratt och frigjorda uppträdande. En upplevelse av skönhet och livsglädje.

Så plötsligt hördes en gäll förtvivlad kvinnoröst,

"Min son, mitt barn är borta! Hjälp mig, hjälp!"
En panikartad oro spred sig bland de badande.

"Hjälp till att leta", vrålade jag för full hals, försökande överrösta vågbruset, medan jag sprang mot vattnet.

"Ring efter hjälp", ropade någon, "ring räddningstjänsten!"
Människor vadade runt i det långgrunda vattnet och letade efter pojken.

En man ungefär tio meter ut från stranden började plötsligt gestikulera och skrika något. Vad han skrek, var omöjligt att höra på grund av vågbruset. Han kastade sig plötsligt framåt och försvann i böljorna. Efter några sekunder lyckades han med svårighet resa sig. Med pojken i famnen, vadade han försiktigt in mot land, parerande vattnets kraft i vågorna. Väl på land la han ner den livlösa pojken på stranden.
En kvinna i femtioårsåldern skrek, "Håll er undan. Jag är sjuksköterska. Fråga runt om det finns någon läkare på stranden", varefter hon satte i igång hjärt-lungräddning genom att växelvis blåsa in sin utandningsluft genom pojkens mun och näsa samt ge hjärtmassage. Pojkens mamma, hysteriskt skrikande, togs om hand av några badande.
Kvinnan fortsatte sina upplivningsförsök i nästan tjugo minuter, men det var lönlöst. Ingen puls. Ansiktet likblekt. Ögonen stirrande oseende mot himmelen. Pojken var död!

Tagen av det hela sa jag till Nemi, "Jag önskar av
hela mitt hjärta att någon kunde hjälpa honom".
Sedan föll jag i gråt. Nemi tittade forskande på mig
och sedan mumlade hon något som jag tolkade
som, "det är förbjudet".
Hon gick fram till den lilla kroppen som någon just
skulle täcka över med ett badlakan. Där föll hon på
knä bredvid barnet och la sin högra hand på pojken
och rörde den sen i en cirkelrörelse över hans
bröstkorg. Hennes ögon utstrålade en intensiv glöd.
Jag kände igen den, från hennes attack på mig vår
första natt tillsammans. Blicken hon hade när hon
nästan dödat mig.

Plötsligt började det att rycka i barnet. Ögonen
slöts och ansiktsfärgen steg.
Det blev dödstyst bland åskådarna. Bara vinden,
vågbruset och mammans kvidande hördes. Så
hostade pojken till några gånger och började oroligt
röra på kroppen.
Nemi tog bort sin hand från hans bröst. Då satte
pojken sig upp, började gråta och kved, "Mamma".

Nemi tog mig i handen och viskade i mitt öra,
   "Fort vi måste bort härifrån. Skynda dig!"
Det tog någon sekund innan jag fattade vad hon
ville, sedan följde jag med henne längs strand i rask
språngmarsch mot parkeringen och bilen, men
först sedan jag hämtat våra kläder.
Väl framme vid bilen sa hon, "Kör, kör härifrån,
fort".

118

Jag körde. På den lilla vägen från stranden upp till den större Södra Kustvägen, mötte vi en ambulans i hög fart och med blinkande blåljus och tjutande sirener.

När vi kom ut på Södra Kustvägen svängde jag höger mot Skillinge med avsikt att fortsätta vidare upp mot Simrishamn.
Nemi var skakad. Hon såg fullständigt vettskrämd ut.
   "Nemi, vad är det. Du är ju en hjältinna. Varför flyr du?"
   "Du förstår inte! Det är förbjudet, absolut förbjudet att väcka döda."
Chocken när jag fattade vad hon sagt, gjorde att jag nästan körde av vägen.
   "Men Nemi. Det är omöjligt att väcka döda. Det var värmen, kontakten och massagen av din hand, som gjorde att pojken vaknade ur medvetslösheten."
Hon tittade på mig under flera sekunder sen sa hon med darrande röst "Ja så var det naturligtvis". Men hon såg inte övertygad ut.
Jag var säker på att det var Nemi som väckt pojken, och att han bara varit medvetslös och inte död, var jag lika säker på.

Kickstart

Första arbetsveckan efter semestern. Företaget hade kickigång. En heldag med informations och planeringsmöten. På kvällen sammankomst med mat, dryck och lekar.
Till kvällsaktiviteterna var även de anställdas familjer inbjudna.

Jag tog med Nemi som gladdes åt att komma ut och lära känna nya människor.
Det blev en mycket trevlig tillställning, även om en och annan hade för stora glas för bålen, och blev lite tjatiga. Inget bråk eller tjafs, bara lite störande med människor som låter som en grammofonskiva som hakat upp sig.

Nemi blev snabbt vän med kvinnorna på grund av sitt enkla och chosefria sätt. Hon deltog i deras samtal och de skrattade och fnissade tillsammans som om dom varit bekanta lång tid. Hos herrarna gjorde hon också intryck, med sin skönhet och mycket vackra inte allt för djärva klädsel. Hon bar en enkel vit, lagom urringad, sommarklänning som slutade strax ovanför knäet. Osminkad med lite

rufsighet i sitt ljusa då kortklippta hår gjorde henne
omotståndligt vacker, i alla fall i mina ögon.

Att hon inte föll i onåd hos de andra kvinnorna,
berodde nog på att hon noggrant undvek att flirta
eller verka inbjudande mot de karlar som till en
början flockades runt henne. Hon var artigt
avvisande till alla närmanden. Männens intresse
avtog så småningom, när de förstod att deras
emotståndliga charm inte skulle få flickan på knä,
eller snarare på rygg, som säkert några av dem
hoppats på.

Aktiviteter i form av lekar stod på programmet.
Man tävlade parvis och kvinnorna fick välja
partner, dock inte äkta hälft eller sambo. Nemi
valde en liten tjock, blyg, tillbakadragen, knappast
bildskön, ung man i tjugofemårsåldern, känd för
sitt tafatta och klumpiga sätt. Han ville i början inte
vara med, men Nemi övertalade honom. Hans
öknamn var 'Dumbo'.
I arbetet var absolut ingen dumbom utan en av de
duktigaste på hela företaget. Han kunde ha gått
långt om han bara haft lite bättre självförtroende.

Själv blev jag vald av näst högsta chefens fru, som
tidigare gett mig små inviter om tätare och intimare
samvaro. Även hon jobbade vid företaget. Hennes
oblyga flirtande störde mig minst sagt, även om jag
visste att hennes man knappast brydde sig. Han
hade sitt på annat håll.

Grenarna var pilkastning, kulstötning och boule.
Eftersom Nemi valt först var dom sist ut av alla
paren. För mig och 'flirtan' gick det inget vidare.
Hennes närgångenhet, de andras menande blickar
och mummel i varandras öron, störde mig. Nemi
däremot verkade inta ta illa upp överhuvud taget
utan gav mig glada leenden och ögonkast.

När det blev Nemis och 'Dumbos' tur fnittrades
det i mjugg och man kastade menande blickar på
honom. Flera av de manliga deltagarna brukade gå
pub ibland och där spela dart, och var vältränade
när det gällde pilkastning. Det krävdes därför höga
poäng för att vinna grenen, över fyrtiofem poäng
av sextio möjliga. Varje deltagare i laget kastade tre
pilar var på den tioringade tavlan.

'Dumbo' var först av de två i laget. Han var mycket
nervös och såg ut att kunna börja gråta när som
helst. Alla väntade på fiaskot. Alla utom Nemi. När
han skulle kasta ställde hon sig tätt, snett bakom
honom och talade till honom, men så lågt att
omgivningen inte kunde höra. 'Dumbo' blev
kolugn och kastade med en snärt första pilen mitt i
tavlan. Det blev tyst runt omkring. Nemi satte även
hon sin pil mitt i. "Dumbo' kastade åter en tia men
Nemis pil missade tavlan.
Spänningen var hög när 'Dumbo' kastade sin sista
pil, tio poäng.
Nemi satte en sexa med sin sista pil och man hade
vunnit med en poäng.
Fnissandet när 'Dumbo' skulle agera hade upphört.

I kulstötningen kom Nemi och 'Dumbo' tvåa.
'Dumbo' stötte längst av alla. Han var ju stor och
kraftig. Nemis stöt var dock ganska måttlig.

I boule var det utslagstävling. Nemi och 'Dumbo'
kvalificerade sig med nöd och näppe till final, där
de fick möta ett par som tävlingsspelade på hög
amatörnivå. Man spelade förkortade omgångar för
att spara tid, först till sju.
När det stod sex mot sex och ett klot kvar att spela
hade motståndarna till Nemi - 'Dumbo', tre klot
liggande intill lillen och såg ut som säkra segrare.
'Dumbo' hade sista klotet. När han skulle kasta gick
Nemi fram till honom, tog honom i armen, såg
honom i ögonen och sa något som ingen annan
kunde höra.
Med leende på läpparna kastade han klotet i en hög
båge. Klotet föll rakt ner på lillen och tryckte ned
denna i gruset, med 'Dumbos' klot ovanpå.
Ett 'omöjligt' kast, som ledde till seger. Det blev
helt tyst bland åskådarna innan ett kraftigt jubel och
applåder bröt ut. Ingen skrattade längre åt
'Dumbo'.

På hemvägen frågade jag Nemi vad hon sagt åt
'Dumbo' inför pilkastningen och bouleomgången.
    "Dumbo", sa hon, "är ingen dumbom. Han är
intelligentast på hela företaget och kommer att gå
långt. Han lider heller inte av hybris, som många av
dom andra, en dödssynd som måste bestraffas."
    "Men vad sa du till honom?" Envisades jag.

”Jag sa inget särskilt. Vi småpratade bara som lagkamrater gör”, svarade Nemi med en axelryckning. Jag visste att det inte var sant, men avstod från att fråga vidare.

’Dumbo’ visade i fortsättningen en ny självsäkerhet och auktoritet på arbetet.
Hans nya öknamn blev ’Einstein’ och han kom att snabbt avancera inom företaget och bara två efter tävlingen blev han chef för hela företagets svenska verksamhet.

Petra

En kväll när jag kom hem hörde jag att Nemi inte var ensam. Plötsligt kände jag igen rösten på besökaren. Det var Petra, min före detta hustru. Vågor av hetta och kyla sköljde genom min kropp medan hjärnan mer eller mindre kortslöts.

Jag hade aldrig kunnat släppa taget, släppa tankarna på Petra. Vi hade inga barn eftersom hon inte kunde få några på grund av en livräddande operation. Det hände innan jag träffade henne. Jag vet att hon sörjde över det men hon sa aldrig något. Hon berättade om sin infertilitet när vi träffades så hon hade inte lurat mig på något vis.
Jag var fortfarande starkt känslomässigt knuten till henne. Vi hade varit gifta i åtta år när Petra begärde skilsmässa på grund av mitt allt allvarligare alkoholmissbruk. Själv var jag fortfarande kär i min hustru när hon lämnade mig.

Efter att Petra försvunnit ur mitt liv med orden,
   ”Jag älskar dig, men vill aldrig se dig onykter igen”, hade mitt missbruk som jag själv förnekade, accelererat. Ett och ett halvt år efter skilsmässan

brakade alltsamman ihop när jag en dag kom till jobbet kraftigt berusad. Jag fick välja på behandlig eller sparken. Och nu hade jag alltså hållit mig nykter nästan ett helt år, men jag hade inte berättat för Nemi om mitt liv innan jag träffade henne, och ville inte heller att hon skulle få veta något om mitt missbruk.

Vad har Nemi nu kokat ihop, tänkte jag när jag gick in i vardagsrummet med blandade känslor.

"Hej Göran! Roligt att se dig igen."
Petra gav mig en lång intensiv varmt inbjudande kram. Nemi log.

"Detsamma", svarade jag förvirrat och undrade om det var sant. Att jag tyckte det var roligt alltså. Här var nu två kvinnor som jag hade starka emotionella band till, tillsammans i samma rum som jag. *Nej, det var inte roligt!* Jag hade gärna träffat Petra men inte i Nemis närvaro.

"Petra var i stan och ringde och ville prata med dig", sa Nemi. "När du inte var hemma, bjöd jag hit henne att vänta på dig tills du kom hem. Vi har haft ett givande samtal."
Jag stönade inombords. *Undrar vad dom pratat om? Mig förstås.* Det fanns saker som Petra visste om mig som jag inte ville att Nemi skulle få höra och vice versa.

"Jag har pratat med din syster och fått höra att du är skötsam nu. Därför ville jag återuppta kontakten med dig. Jag ser att du skaffat en ny flickvän. Jag är glad för din skull."

"Göran och jag är bara vänner", log Nemi och
såg uppriktig ut. Så fortsatte hon, "Jag bjöd Petra
att bo kvar några dagar. Jag sover på soffan så kan
ni ta dubbelsängen. Ni har ju trots allt varit gifta."
Nemi var allvarlig, möjligen med en antydan till
leende.

Helst ville jag fly. Lämna lägenheten tills denna
onda dröm var över. Förvirrad sökte jag stöd i
Nemis blick, men den var fullständigt neutral och
intetsägande. Jag tittade på Petra, vars sugande
blick jag kände igen sen tidigare. Redan hennes
kram hade talat om för mig vad hon ville. Ha sex!
Med mig!
    "Det är ok, för mig", sa hon leende.
Nemi tittade forskande på mig medan jag förgäves
försökte tolka hennes blick. *Vad menade hon? Var det
här någon sorts test?*
Jag teg.
När jag inte sa något, sa Nemi, "Då är det avgjort.
Ni två sover i sängkammaren och jag sover på
vardagsrumssoffan."

Under resten av kvällen, efter att ha ätit, samtalade
vi om neutrala ämnen.
Relationer berördes inte. Det var mest Petra som
pratade på, med inlägg från Nemi då och då. Själv
förblev jag ganska tyst, pressad av situationen. Jag
ville gärna ligga med Petra men ville inte såra Nemi.
Jag skulle inte klara av att Nemi lämnade mig, det
kände jag. Under hela kvällen försökte jag förgäves
få tillfälle att prata med Nemi. Men det gick inte.

Nemi höll sig hela tiden inom höravstånd till Petra. Avsiktligt verkade det som. Hon tänkte uppenbarligen inte ge mig någon hjälp i den för mig svåra situationen.

När det blev läggdags smet jag in i sovrummet, letade rätt på en gammal pyjamas som jag satte på mig, innan jag gick till badrummet för att borsta tänderna.

Petra och Nemi satt fortfarande uppe och samtalade. När Petra fick syn på mig tittade hon först på Nemi och sedan på mig igen sedan utbrast hon,

"Har du pyjamas? Du brukade alltid sova naken." Jag tog det som en retorisk fråga och sa inget. Petra tittade med ett frågande leende på Nemi, som ryckte på axlarna, "Jag vet inte. Vi är ju bara vänner", ljög hon.

När Petra slutligen kom in i sovrummet klädde hon av sig helt naken. Hon var precis lika vacker som hon varit då, för tio år sedan, när jag träffade henne första gången.

Jag hade redan tagit av mig pyjamasen igen. Hon la sig i sängen och kröp genast upp i min famn. Vi älskade. Försökte vara tysta men det var svårt. Petra verkade lycklig och spann och puttrade som en katt. Jag tänkte, jag behöver inte säga något till Nemi. Om hon frågar kan jag ljuga och säga att inget hänt.

Petra stannade ytterligare två dygn. Varje natt
älskade vi. Sista natten berättade jag för henne att
Nemi och jag var ett par och brukade ligga med
varandra. Hon svarade, "Jag har anat det. Hoppas
att jag inte har förstört något för er. Jag önskar er
all lycka. Om det spricker mellan Nemi och dig så
vet du var jag finns."

På väg till arbetet dagen efter, släppte jag av Petra
vid järnvägsstationen. Vi kysstes varmt och
intensivt innan hon klev på Stockholmståget. Det
kändes i bröstet, gjorde ont, när tåget gick. Jag hade
fortfarande mycket starka känslor för henne.

Jag bävade inför att träffa Nemi igen efter mitt svek
mot henne. Speciellt efter min utskällning av henne
efter hennes uppträdande i Borgvattnet och
Backåkra. *Hur skulle hon reagera?* Hittills hade hon
inte med en min antytt att hon misstyckte. Trodde
hon verkligen att inget hänt mellan Petra och mig i
sängen.

Jag dröjde mig kvar på jobbet så länge som möjligt
innan jag vågade åka hem.
När jag på darrande ben gick in i vardagsrummet
satt Nemi som vanligt och läste.
   "Du är sen?"
   "Ja."
   "Kom Petra iväg ordentligt med tåget?"
   "Ja."
Så beslöt jag att ta tjuren vid hornen och säga som
det var, "Jag låg med Petra på nätterna".

Nemi log, ”Jag vet. Skall vi äta något. Jag är vrålhungrig.”

När jag fattat vad hon sagt gick jag fram till henne, föll på knä bredvid fåtöljen, tog av henne boken, kysste henne på munnen och sa, ”Kinamat, på restaurant”. Hon med ett leende, ”Okej”.

Senare på kvällen.

”Hur kunde du veta att Petra och jag låg med varandra”?

”Du är svag för villiga kvinnor och du är fortfarande fäst vid henne, dessutom hördes ni.”

”Jag hade tänkt ljuga för dig och säga att inget hade hänt mellan henne och mig. Vad hade du gjort då, när du visste att vi hade haft sex?”

”Jag skulle också ha ljugit och låtit påskina att jag trodde dig. Jag är mycket bra på att ljuga.”

”Varför är du inte arg på mig för att jag låg med Petra?”

Nemi tittade undrande på mig, ”Det är väl uppenbart. Hon har åkt. Du och jag är kvar.”

”Så du är inte svartsjuk för att jag hade sex med Petra?”

”Nej.”

”Men om jag bett Petra stanna, eller om jag åkt med henne.”

”Det hade varit högst olyckligt.”

”Vad menar du?”

”Vi två är oskiljaktiga. Inget får komma emellan oss.”

”Vad menar du, vad hade hänt, mer konkret?”

”Det behöver du inte, och vill inte veta! Hon har ju åkt.”
Hennes röst undanröjde mitt intresse för fortsatt diskussion.
Men en sak som hon hade sagt ekade i mitt huvud,
    ”Jag är mycket bra på att ljuga”.

Måns, Bill och Bull

Jag hade fiender i staden. Personer som påstod att
jag var skyldig dom pengar.
Indrivare som påstod att dom köpt mina skulder av
langare, som jag inte betalt för tabletter,
bensodiazepiner. Det var riktigt att jag ibland köpt
lugnande piller för såna tillfällen när jag inte kunde
dricka och lukta sprit. Men jag hade inga skulder.
Det var langarnas hämnd för att jag slutat köpa.
För indrivarna hade det ingen betydelse om
skulderna var äkta eller inte. Dom skulle ha "sina"
pengar till varje pris. Utebliven betalning innebar i
förlängningen svår misshandel, i värsta fall till döds.

Gänget som jagade mig bestod av tre personer som
jag kallade Måns, Bill och Bull efter de elaka
katterna i Gösta Knutssons böcker om Pelle
Svanslös. Vad dom hette i verkligheten visste jag
inte.
Jag hade i alla fall lyckats undvika dom under
ganska lång tid. Att dom inte uppsökt mig i min
lägenhet berodde förmodligen på att min granne,
på samma våningsplan som jag, var polis och väl
kände till gänget. Men det var bara en tidsfråga

innan dom skulle hitta mig på någon undanskymd
plats och framföra sina krav, och då gällde det bara
att skaffa fram pengarna.
Jag beslöt att berätta min belägenhet för Nemi,
kanske med förhoppning om att hon skulle låna
mig pengar när det blev ofrånkomligt att betala.
  ”På det viset”, sa hon med ett varmt leende,
  ”kom ihåg att vi två är ett.”

När Nemi och jag några dagar senare promenerade
hem längs ån från stadens centrum efter ett
restaurantbesök, då dök ”kattgänget” plötsligt upp
och spärrade vår väg.
  ”Stålarna, etthundrafemtio tusen, den här
veckan”, väste Måns, ”och för att du inte skall
glömma bort oss igen skall du få en liten
påminnelse.”
Han nickade mot Bill och Bull som båda klev fram,
utrustade med knogjärn, för effektuera
påminnelsen. Nemi ställde sig framför mig.
Tydligen var det någonting i hennes blick som
skrämde de två männen. De tvärstannade och tog
sedan ett par steg bakåt. Med sirapsröst frågade
hon, ”Vart vill du ha pengarna levererade. Passar
det i morgon?”
Måns var förvirrad och uppenbart obehagligt
berörd. Han nästan stammade fram.
  ” I... i morgon blir bra. Hemma hos mig.”
  ”Jag kommer klockan tre på eftermiddagen. Vad
är det för adress?”

Nemis röst dröp fortfarande av sirap och gänget
skruvade på sig av obehag.

"Storgatan 52 två trappor. Det står Eriksson på
dörren."

De vände om och försvann hastigt från platsen.

"Nemi! Det kommer inte på fråga att du går hem
till dom där. Jag tar ledigt från jobbet och går dit.
Kan du låna mig pengarna?"

"Oroa dig inte", svarade hon med en röst som
verkligen gjorde mig oroad.

"Jag går dit. Ensam!"

Jag teg. Det fanns inget utrymme för protester.

När jag nervös kom hem från jobbet kvällen efter
frågade jag Nemi, "Hur gick det med
överlämnandet av pengarna"?

Hon log, "Det gick bra. Du behöver inte oroa dig
mer."

"Men om dom återkommer och kräver mer. Man
vet aldrig med såna typer."

"Jag tror inte det är någon risk", svarade en
fortfarande leende Nemi.

"Så jag behöver inte flytta från stan då?"

"Nej."

Jag noterade att tvättmaskinen gick.

"Du tvättar?"

"Ja jag läste instruktionsboken. Det var mycket
tvätt i tvättkorgen."

När Nemi senare hängde tvätten i badrummet såg
jag att bland de kläder hon tvättat fanns de som
hon hade burit på morgonen samma dag.

När jag läste lokaltidningen på jobbet nästföljande dag fick jag en smärre chock.

Mord på Storgatan 52.

Under gårdagen inträffade en tragisk händelse i en lägenhet på Storgatan 52. I lägenheten påträffades en man som bragts om livet på ett ofattbart grymt sätt. Där påträffades även två andra, blodbestänkta män, som misstänks vara gärningsmännen. Vidare anträffades en större summa pengar. Delar av pengarna visade sig vara en del av de pengar som försvann vid det brutala bankrånet i centrala staden tidigare i år, då en butiksägare och en banktjänsteman mördades. Ett parti narkotika hittades också. Polisens teori är att personerna i lägenheten är rånarna eller pengahälare åt dessa. Man tror att männen blivit osams om rånbytet eller narkotikapartiet och att det kommit till en uppgörelse där en av männen dödats.

Ett problem för polisen är att de två misstänkta är omöjliga att höra, då de tycks drabbade av någon form av traumatisk chock av det som hänt.

De båda männen verkar vara utom sig av skräck och babblar bara osammanhängande. Det tycks inte vara möjligt att få ett vettigt ord ur dem.

Därför har de överförts till stadens mentalsjukhus för behandling som förhoppningsvis gör att de återfår förståndet och kan berätta vad som verkligen hänt.

Alla tre männen är kända av polisen sedan tidigare.

Jag gick in till chefen och bad om ledigt en timme vilket inte var något problem. Därefter kastade jag mig in i min bil och åkte hem.

I lägenheten gick Nemi och gnolade medan hon
läste en kokbok, "Jag skall försöka laga mat",
förklarade hon.

"Har du hört vad som hänt?"

"Neej, vadå?"

"Den där typen Eriksson, han som pressade mig
på pengar, har blivit mördad!"
Nemi stirrade på mig och sa sen, "Då behöver du
inte oro dig för honom mer".

"Har du med saken att göra?"

"Vad menar du?" Nemi såg med förvånad min på
mig.

"Hur gick det till när du lämnade pengarna?"

"Jag ringde på och den där Eriksson släppte in
mig. Sen överlämnade jag pengarna och han
räknade dom. Dom två andra typerna var också
där. Sen sa den där Eriksson att han ville ha lite
bonus och då menade han tydligen mig, för han
började kladda på mig."
Jag blev stel av skräck. Jag tänkte på Nemis
reaktion under hennes första natt hos mig när jag
smekte henne på ryggen. *Om Eriksson försökte
våldföra sig på henne vad var hon då i stånd till?*

"Och sen", frågade jag fylld av onda aningar.

"Jag gick därifrån."

"Var det allt?"

"I stort sett. Möjligen har jag glömt någon
obetydlig detalj."
Jag stönade av vånda medan Nemi tittade
oförstående på mig. Jag orkade eller vågade inte
fråga vad denna obetydliga detalj kunde tänkas
bestå i, så jag åkte tillbaka till jobbet, lätt

illamående. Orden "Jag är mycket bra på att ljuga"
dånade i min skalle.
När jag kom hem samma kväll var Nemi borta
igen.
Hon återkom efter två dygn men lämnade som
vanligt ingen förklaring till sin bortavaro och jag
frågade inte.

Konsekvens

En kväll berättade jag för Nemi om natten då jag ridits av maran. Vilken fasansfull upplevelse drömmen hade varit.

Nemi lyssnade tyst med blicken i golvet. När jag var klar satt hon blick stilla i flera minuter, andades med tunga djup tag och med slutna ögon, utan att kommentera vad jag sagt. Så reste hon sig hastigt och lämnade lägenheten utan ett ord. Det kom så plötsligt och överraskande att jag inte han reagera innan hon var försvunnen.

Vid fyratiden på morgonen kom Nemi tillbaka. När hon klädde av sig för att lägga sig bredvid mig i sängen såg jag att hon hade ryggen och stjärten täckta av blodiga svullna ränder, som om hon blivit piskad av någon i fullt raseri.

Hon stönade svagt och hade uppenbarligen mycket ont. Hennes ansikte var svullet av gråt. Hon sa inte ett ord. Förskräckt frågade jag "Nemi, vad har hänt".

"Jag sa ju att vår samvaro skulle få konsekvenser. Fråga inte! Jag måste sova."

Hon gled in i en medvetslösliknande sömn.

När jag gick till arbetet, dagen efter, sov Nemi
fortfarande tungt.

Vid hemkomsten samma kväll möttes jag i dörren
av en leende nästan uppspelt Nemi som gav mig en
puss på munnen. Hon hade dock uppenbarligen
fortfarande mycket ont, men när jag försökte säga
något la hon ett finger över mina läppar och sa,
   "Jag älskar dig. Fråga inte."
Hon noterade naturligtvis min oro och
kommenterade den. "Det kommer inte att hända
mig igen. Jag har slutit ett avtal. Det mesta är bra
nu. Fråga inte!"
Hon uppträdde precis som vanligt bortsett från att
hon hade svåra smärtor när hon rörde sig eller
skulle sätta sig. Vi kunde heller inte älska på en tid.

Efter ett par veckor var hennes såriga rygg och
stjärt läkta. Men fortfarande fanns ärriga spår av
misshandel, som delvis skulle finnas kvar för alltid.
Under hela vår fortsatta tid tillsammans, var det så
att när jag smekte henne över de upphöjda åsarna
som utgjorde minnen efter piskrappen, log hon
mot mig och kysste mig varmt och intensivt på
munnen. "Det är bra nu. Vi är förenade i evig
kärlek."
Hennes fysiska lidande var tydligen, en konsekvens,
en betalning för vår kärlek.
Mer än så, hon hade slutit ett förbund, men det
skulle jag inte få veta mer om förrän långt senare.

Tvivel

Eva hade sagt om Nemi. "Underlig men underbar flicka."
Jag höll med om båda sakerna, men frågetecknen och sammanträffandena började hopa sig.

När jag hittade henne eller snarare hon mig, var hon naken i närheten av mentalsjukhuset. Där hade ett brutalt mord ägt rum och blodiga kläder hittats vid sjön som Nemi säger sig ha simmat i.

Nemi förvandlades till ett vilddjur när jag tog på henne i sängen.

När Nemi var utan pengar inträffade ett brutalt bankrån och dubbelmord. Samtidigt fick hon tillgång till en massa pengar.
Jag kom plötsligt att tänka på min pistol, Berettan, som låg gömd bakom ventilen i mitt sovrum. När jag kontrollerade om den finns kvar så gjorde den det. Men den låg inte som jag kommer ihåg att jag lagt den. Jag blev kall.
Vid bankrånet figurerade ett vapen, en pistol.

Nemi åker till Luleå och då inträffar där ett brutalt dubbelmord.

En smågangster från stan kladdar på Nemi. Senare påträffas han brutalt mördad medan hans kompisar drivits till obotligt vansinne.

Var alla dess händelser bara sammanträffanden? Jag ville tro att det var så, men?

Nästföljande kväll när Nemi var hemma bestämde jag mig för att prata med henne om hennes syn på livet.

   "Nemi, du brukar säga att saker är förbjudna, vad är förbjudet?"
Hon tittade undrande på mig, "Du vill veta reglerna"?
   "Ja."
Hon stirrade på mig, "Varför"?
   "Om vi skall leva ihop så vill jag veta vilka levnadsregler du lever efter så att jag kan anpassa mig."
   "Du behöver inte anpassa dig efter mig."
   "Men jag vill veta."
Hon tvekade en lång stund, sen kom det.
   "Man får inte äta, dricka eller göra saker som gör att man mister kontrollen.
Man får inte bli förälskad för då kan mista kontrollen. Man får inte ha samlag, man måste förbli oskuld. Man får inte bli gravid. Man får

absolut inte berätta om tidigare liv. Det finns fler
regler."

"Vad menar du med tidigare liv?"

"Ja, liven innan."

"Jag förstår inte?"

"Om förr."

"Varför får man inte bli förälskad?"

"Då blir man olydig."

"Olydig?"

"Ja."

"Olydig mot vem?"

Nemi såg tankfull ut innan hon svarade, "Olympen
och Lucifers hustru. Hon har många namn. Ett är
Lilit."

"Lilit. Det är ju någon sorts ond demon som
förekommer i en del dataspel."

"Ond är hon för visso. Men jag kan försäkra dig
att hon är betydligt äldre än något dataspel. I den
här delen av världen kallas hon ibland Maran."

Jag borde ha gjort en koppling till min nattliga
upplevelse ett antal månader tidigare, men mina
tankar gick inte i den riktningen.

"Nemi, är du förälskad i mig?"

"Jag älskar dig Göran."

"Och du har haft samlag med mig."

"Ja"

"Du har alltså brutit mot reglerna."

"Ja, och det har fått och kommer att få
konsekvenser, för oss båda."

"Det har fått konsekvenser för dig. Menar du att
det även kommer att få det för mig?"

"Det har redan fått konsekvenser för dig. Men det kommer nog fler, för oss båda."

"Fått konsekvenser för mig? Vaddå?"

"Jag försöker samla mod att berätta för dig."

"Är du rädd att jag skall kasta ut dig på gatan, att du inte får bo kvar."

"Göran, vår förening kan inte upplösas, den kommer att vara för evigt."

"Nemi, inget varar för evigt."

"Jasså, dom kristna talar ju om evigt liv."

Jag gav upp. Nemi hade tydligen en konstig uppfattning om vad som var rätt och tillåtet. Kanske var hon uppfostrad i någon mystisk svartdyrkande sekt. Var hon då farlig för mig? Det trodde jag inte längre för ett ögonblick.

"Nemi, har du någonsin ljugit för mig?"

"Göran. Vad är mitt svar värt om jag skulle svara nej?"

"Ditt nej kan vara en lögn."

"Just precis."

Jag insåg att fråga någon om personen ifråga ljuger är meningslöst.

"Nemi, du har naturligtvis läst "tio guds bud".

"Naturligtvis."

"Har du någon kommentar till buden."

"Nej. Dom är ju till för kristna människor."

"Så du efterlever dom inte?"

"Nej. Varför skulle jag det?"

"Du känner till det sjätte budet."

"Naturligtvis."

"Tillämpar du sjätte budet?"

"Nja, jag går ju inte omkring och dödar människor jag möter, så det gör jag väl. Men inte på grund av budet som sådant. Det vore helt enkelt opraktiskt att ta livet av människorna som omger en. Man skulle bli mycket ensam då. Dessutom finns det myndigheter som ogillar att man dödar någon, så det bör man undvika. Det blir en väldig uppståndelse då. Men det finns inget direkt förbud mot det."

"Vad menar du? Finns det inget förbud mot att döda människor?"

"Det finns ingen sådan regel. Man får använda sitt förnuft och försöka kontrollera sina impulser." Jag var vid det här laget skräckslagen inför det som jag anat och nu fick mer eller mindre bekräftat.

"Nemi, har du någonsin dödat en människa?"

"Varför frågar du?"

"Jag vill veta?"

"Det duger inte som skäl."

"Jag tror att du dödat flera människor. Det är ett skäl för mig att fråga."

"Göran, min älskade. Jag kan aldrig göra dig illa. Du behöver aldrig vara rädd för mig."

"Det var inget svar på min fråga."

"Du vet ju svaret, tror du, så varför fråga? Om jag säger ja, då kommer du att tro mig. Men vad händer om jag säger nej? Kommer du att tro mig då?"

Jag blev tyst. Skulle jag tro henne om hon sa nej? Jag ville tro henne, ville höra henne säga nej. Men? Hennes tidigare ord, "Jag är mycket bra på att ljuga", stod i eldskrift framför mig

Uppgiven svarade jag, "Jag vet inte".

"Vad är sjätte budet värt? Ni människor krigar, dödar och mördar varandra i hundratal varje dag. Även djur dödar ni bara för nöjes skull."

Det svindlade. Till slut lyckades jag pressa fram,

"Vad menar du med, ni människor"?

"Precis det jag sa. Jag kan knappast uttrycka mig tydligare."

"Du utesluter dig själv från att vara del av mänskligheten. Är det så jag skall uppfatta det?"

"Ja."

"Men Nemi, du är ju människa, likadan som alla vi andra."

"Jag är likadan som ett fåtal andra."

"Ja, kanske det, men trots allt människa."

Hon såg på mig med allvarliga något sorgsna ögon men sa inget.

Tid för sanning

Nemi stod vid köksbänken och hade slagit upp ett glas mjölk. När hon skulle stänga kylskåpsdörren råkade hon stöta till glaset så att det började falla mot golvet och mjölken splittrades i flera fallande strålar. Hon gjorde en blixtsnabb gest med handen. Mjölken och glaset slutade falla, de stannade i luften halvvägs till golvet.
I stället för att slå i golvet med plask och krasch, reverserade hela händelsen, precis som när man spelar en gammal film baklänges. Mjölken och glaset rörde sig uppåt och det fyllda glaset ställde sig åter på köksbänken.

Jag trodde inte mina ögon. Kunde detta vara en synvilla eller inbillade jag mig.

"Hur gjorde du det där?" utbrast jag förvånat.

"Gjorde vad", frågade hon med oro i rösten. Jag märkte att hon var skakad av händelsen eller kanske snarare av att jag såg alltihop.

"Du stoppade ju glaset och mjölken som föll."

"Du inbillar dig, du ser i syne." Hon försvann snabbt in på toaletten och låste dörren.

Jag hörde att hon grät därinne. En djup lågmäld förtvivlad gråt.

Jag gick till sängs chockad, förvirrad och ledsen. Nemi var fortfarande kvar i badrummet. När jag vaknade nästa morgon var hon försvunnen igen. Illamående och var förtvivlad undrade jag, *vad är det som händer?*
Jag klarade inte av att jobba så jag tog semester och hoppades att Nemi skulle dyka upp igen och förklara.

Tredje dagen efter Nemis nya försvinnande var det på nytt stora rubriker i tidningarna och övriga media.
Trippelmord på norra berget. Galningen från mentalsjukhuset slår till igen.
Det som hade hänt, rekapitulerat och sammanställt från olika medier:
Ett par kvällar och nätter i rad hade en ung flicka, 25 till 35 år, setts gråtande vandra omkring planlöst i staden. Polisen hade undrat över och talat med henne och hon hade gett en rimlig förklaring. Hon var osams med sin pojkvän, så de lät hela bero. Det är ju inte olagligt att gå omkring och vara ledsen. Flickan hade tydligen även observerats av vissa individer av staden drägg, som uppenbarligen har tänkt roa sig med henne. En blå skåpbil av äldre modell sågs köra lovar kring flickan som sent på natten drogs in i bilen av två män, medan en man satt kvar vid ratten. Bilen försvann sedan i hög fart, mot E4: an. Vittnen till händelsen ringde polisen, som upprättade vägspärrar och förhörde vittnen. Ett vittne hade, som senare visade sig felaktigt, sett skåpbilen

*köra söderut på E4: an varför spaningarna koncentrerades
söderut.*
*På morgonen efter händelsen hittades den blå skåpbilen
parkerad på norra berget. Bredvid bilen låg en död man med
strupen bortsliten. På ett etage i utsiktstornet på berget,
hittades ytterligare en död man. Han hade kvävts av sin
egen penis som slitits loss och tryckts ner i hans hals. En
tredje man påträffades efter några timmar i branten nedanför
berget. Ett vittne, från det närbelägna vandrarhemmet, som
var ute på nattlig promenad, hade hört ett tjut av skräck och
sett en människa kastas av någon eller något, från toppen av
utsiktstornet i en vid båge utför branten. En prestation som
inte ens en gorilla skulle klara av. Vittnet hade ringt polisen
men inte blivit trodd. De antog att han var onykter.*
*Av den kidnappade flickan fanns inte ett spår. Teknisk
undersökning pågick.*
Man tror sig funnit blodspår från förövaren eller förövarna.

Fylld av onda aningar kräktes jag i toaletten och
funderade på om jag skulle vända mig till polisen.
Men för det första skulle de knappast tro mig, och
för det andra, det kunde inte vara Nemi, så stark
kunde hon inte vara. Å andra sidan verkade det
som onaturliga krafter omgav henne. Om Nemi var
en galen bestialisk mördare, skulle jag då kunna
ange henne. Innerst inne visste jag svaret. Jag var
hennes helt och fullt och hon min intill tidens ände.

I min förtvivlan sökte jag på internet efter Nemi
och Nemesis. Fanns hon möjligen där sen tidigare,
på facebook, twitter eller annat sammanhang. Hon

kunde ju använda både datorer och internet. Vad
hade hon egentligen gjort innan hon träffade mig.
Nu kom nästa chock.
Enligt Wikipedia:
*Nemesis, hämndens och vedergällningens gudinna. Dotter till
Okeanos, världshavet, och Nyx, natten. Gudar och
gudinnor inom den grekiska mytologin.*
Vad hade hon sagt när jag frågade var hon kom
ifrån. Jo, "Min far var Okeanos och min mor Nyx.
Vi kom från havet."
Jag sökte på Lilit, den som Nemi inbillade sig hade
makt över och skrämde henne.
Fritt efter Wikipedia igen:
*Fallen ängel. Ond demon med makt över de nyfödda,
troligen gift med Lucifer. Hon kallas också Maran och
anses i nordisk mytologi vara släkt med skogsrået.*
Jag satt som förstenad. Nemi var helt klart spritt
språngande galen. Jag insåg att, hon måste tas
omhand och få vård innan hon dödade fler
människor.

Redan samma kväll kom Nemi tillbaka. Hennes
kläder var sönderrivna och blodiga.
Hon var sammanbiten och ledsen. "Du vet redan",
sa hon.
   "Ja", svarade jag lugnt. Hon skrämde mig inte.
Nemi tog fram nya kläder, gick in i badrummet och
duschade av sig. När hon kom ut ur badrummet sa
jag, "Nemi, du behöver vård. Man får inte gå
omkring och döda människor."

Hon log ett sorgset leende, ”Det är mitt kall att
straffa människor som lider av högmod eller andra
dödssynder”.
Jag sa inget. Visste inte vad jag skulle säga. Hon var
uppenbarligen så sjuk att hon inte insåg att hon
gjorde fel när hon dödade någon.
    ”Nu måste jag gå och träffa någon.”
    ”Var?”
    ”På mentalsjukhuset”, sa hon, ”kom och besök
oss.”
    ”Jag kommer.” Jag och var konstigt nog alldeles
lugn, ”Jag älskar dig.”
    ”Jag älskar dig också”.
Så gick hon.

Två dagar senare gick jag till Hispan. I
centralvakten sa jag att jag ville besöka Nemi eller
Nemesis.
    ”Jag vill besöka Nemesis. Ibland kallas hon bara
Nemi. Jag tror att hon sitter på den slutna
avdelningen.”
Vakten ringde dit och återkom med besked.
    ”Det finns ingen Nemesis eller Nemi på slutna
avdelningen, inte på hela sjukhuset. När skulle hon
ha skrivits in?”
    ”För två dagar sen.”
Vakten ringde igen.
    ”Ingen patient har lagts in på sjukhuset under
hela veckan. Är du säker på namnet?”
    ”Kan jag få tala med någon av personalen på
’stormen’.”

”Vi använder inte det begreppet här. Jag antar att du menar slutna avdelningen.”

”Ja.”

Han ringde igen. Efter en stund kom en vårdare och eskorterade mig till avdelningen.

Jag kände igen mig i lokalerna och jag kände även den mörka osynliga väv av vansinne som lade sig över mig och hotade kväva mig.

Om det inte varit för att jag ville träffa Nemi hade sprungit iväg i panik.

På slutna avdelningen ville man inte kännas vid någon patient som hette Nemi eller Nemesis. Man hade inte heller fått in några nya patienter på flera veckor.

Precis när jag skulle gå sa en kvinnlig vårdare som stirrat intensivt på mig, ”Heter du Göran?”

”Ja”, sa jag överraskad.

”Då är det nog Berit du söker. När hon inte läser, hon läser väldigt mycket, så tecknar hon en serie som heter Göran och, tror jag bestämt, Nemi. Du är på pricken dig lik från hennes teckningar.”

Jag blev iskall i hela kroppen. Rös och kände håret resa sig.

”Är det hon som blivit gravid utan att ha varit utanför sjukhuset eller haft besök”, sa en annan vårdare. ”Ja. Vi misstänker att någon manlig vårdare drogat och utnyttjat henne. Utredning pågår.”

”Hur känner du Berit?”

”Det är en lång historia.”

Den ena vårdaren, "Berit har suttit här i många år och kommer aldrig att komma ut. Hon är för farlig, dödar människor med sina bara händer. Vad jag vet har hon aldrig tidigare fått besök."

"Nu måste vi vidta några säkerhetsåtgärder. Berit är nämligen extremt farlig. Hon kommer att sitta fastkedjad vid sitt skrivbord under ditt besök och du kommer att få ett trådlöst larm, som du skall ha i handen hela tiden under besöket. Du får inte heller komma inom räckhåll för henne. Om hon vill visa dig sina serier så se till att hon inte kan nå dig när hon räcker dig häftena. Är det klart?"

"Ja."

"Du får eskort av två vårdare. De kommer att vänta utanför dörren till hennes rum så länge du är där. Lycka till."

Låsta dörrar. Mellan kontor och korridor. Mellan lugna och oroliga slutna avdelningarna, och slutligen in till varje enskilt rum. Allt övervakat av kameror vars bilder kunde ses av personalen i centralvakten. Allt spelades dessutom in.

Jag gick in i rummet där Berit satt kedjad vid sitt skrivbord, och fick mitt livs chock.
Det var inte Nemi. Det var den flicka som jag ursprungligen plockat upp naken vid sjön, och som sedan förvandlats till Nemi framför mina ögon, i min lägenhet, utanför mitt badrum.
Hon var uppenbart gravid. Detta var omöjligt.

"Hej Göran. Jag är Lilit. Om du vill kan du få känna när ditt barn sparkar i min mage."

Skräcken gjorde att jag inte kunde få fram ett ljud.

”Jag är inte farlig för dig. Du är ju far till mitt blivande barn. Ett av de barn som skall frälsa värden.”

Hon var uppenbarligen lika spritt språngande galen som Nemi.

”Men du vill ju träffa Nemi eller hur”, sa hon och räckte fram ett häfte.

Jag tog emot häftet, bläddrade i det och fylldes av skräck och fasa.

Där fanns bild för bild Nemis och mina upplevelser i detalj. Både Nemi och jag själv var tecknade in i minsta detalj och som jag upplevt det i verkligheten. Jag kunde genom att titta på en bild återgå till skeendet som just den bilden visade, med konversation och allt.

Jag slog igen häftet och utbrast, ”Nemi”!

Från ingenstans kom hennes röst, den ekade inne i mitt huvud, ”Jag är här min älskade, var inte rädd. Jag är med dig till tidens ände.”

Men det verkade som Lilit inte hörde Nemis röst. Hon reagerade i alla fall inte, utan sa hånfullt,

”Ropa du på den lilla patetiska varelsen. Hon kan inte hjälpa dig nu. Hon kan inte ens hjälpa sig själv.”

Jag var säker på att jag förlorat förståndet och skulle bli kvar på avdelning resten av livet, så jag sjönk ned på en stol och satt som förlamad.

Nemis röst ljöd åter inom mig, ”Var stark min älskade. Var inte rädd. Jag finns med dig.”

Lilit sa, ”kom fram och känn på min mage hur ditt barn sparkar”.

Jag kunde inte låta bli trots att man förbjudit mig
att komma inom räckhåll för henne.

När jag la handen på sidan av hennes buk, kände
jag tydligt barnets rörelse, och kände instinktivt att
det var mitt barn.

Lilit fortsatte, "Jag skall ge dig ett förslag. Om du
accepterar kommer du och Nemi få leva. Jag har
slutit ett avtal med Nemi att hon skall få leva
vidare, trots att hon varit mycket, mycket olydig.
Och du är ju trots allt far till mitt blivande barn och
får också leva i frihet. Men jag kommer att behöva
använda Nemi ibland, för att utföra vissa tjänster.
Eftersom jag tillfälligt sitter fast här, måste jag
använda henne för vissa uppdrag som åligger mig.
Det gäller tills jag fött vårt barn. Förstår du?

När jag fött barnet och blivit fri, så blir ni mina
tjänare. Men till dess får du inte försöka hindra eller
leta efter henne. Inte heller får du anmäla henne
försvunnen, om hon blir borta under någon period.
Du får inte fråga eller efterforska var hon varit eller
gjort. Om du inte godtar förslaget får du aldrig mer
träffa Nemi och ni kommer inom snar framtid, så
fort jag fött vårt barn, att fjättras för all framtid,
som Prometheus.

En sak till. En gång om året kommer jag att besöka
dig, allt enligt avtalet med Nemi, och då skall du
avla ett nytt barn i mig. Mina barn skall rädda
världen från gudarnas makt. Förstår du?"

   "Det var du som red mig. Det var ingen dröm",
flämtade jag fram.

   "Ja. Jag kallas ibland för Maran och jag kommer
att älska med dig igen, när tiden är mogen. Du skall

avla många barn, som skall växa i mig och födas av mig till Lucifers ära. Barn som skall hjälpa oss att besegra Olympens och andra gudar. Accepterar du?”

”Säg nej!” Hördes Nemis röst.

”Nej”, stönade jag.

”Jag har ett avtal med Nemesis. Det kan hon inte bryta.”

Åter Nemis röst, ”Du har inte slutit något avtal”.

”Jag har inte slutit något avtal.”

”Då ger du mig inget val. När jag fött mitt barn kommer du och Nemesis att dödas.”

”Säg nej! Var stark. Jag är med dig”, åter talade Nemi till mig.

”Jag ger dig chansen att tänka efter en gång till”. Lilit såg nästan vädjande på mig.

”Hon ljuger. Mig kan hon inte döda. Mitt liv är evigt.” Det var Nemi igen som talade till mig.

”Nå?” Kom det från Lilit.

”Berätta för henne att eftersom vi två är förenade till tidens ände kan hon inte heller döda dig. Hon vet det. Hon försöker bara att skrämma dig. Säg henne även att eftersom du är barnets far kommer du att ta barnet ifrån henne. Du har makt till det, och hon vet det. Var stark. Var inte rädd.”

Jag kände mig helt lugn av Nemis ord och sa,

”Jag är barnets far och kommer att ta det ifrån dig när du fött det. Du kan inte döda mig. Nemi har gett mig evigt liv.”

”Jag skall visa dig och din förbannade gudinna vem som bestämmer i den här världen. Hon har ingen kraft längre. Jag har

**hennes insignier och hon är inte jungfru
längre. Hon skall nackas med sitt eget svärd,
som när jag lät gissla henne med hennes eget
gissel.”**
Hon vrålade med full kraft och ryckte i kedjorna
som höll henne fjättrad.

"Ta hennes häfte och gå därifrån", ekade Nemis
röst inom mig.

Jag ringde på larmklockan vilket var onödigt
eftersom vakterna hört hennes skrik och kom
springande. Efter kom en läkare med en
injektionsspruta i handen.

"Min bok, min bok." Lilits desperata vädjande
röst var det sista jag hörde innan dörren stängdes
bakom mig.

På darriga ben, kraftigt illamående, vacklade jag ut
från rummet, avdelningen och Hispan.
Så fort jag kom utom synhåll för vakten spydde jag
vid vägkanten. Det var med knapp nöd jag lyckades
köra hem. Jag var helt säker på att jag blivit rubbad,
att jag hallucinerade och skulle komma att bli
inspärrad.

När jag kom in i lägenheten möttes jag av Nemi
och hennes lugna röst, "Min älskade, du är stark
och modig. Det är därför du är utvald."
Skakande som ett asplöv såg jag in i hennes ögon.
Hennes blick strålade av värme och ett ljuvligt lugn
uppfyllde mig.

"Ge mig häftet", sa hon.

Jag räckte fram häftet mot henne. Hon tog det men gjorde ingen ansats att öppna det för att se vad det innehöll, vad som stod i det. I stället höll hon det framför sig med sträckta armar. Nemi betraktade häftet med intensiv blick, och plötsligt fattade det eld. Hon släppte det och häftet förblev brinnande hängande i luften framför henne. Med kupade händer samlade hon ihop askan som föll från de brinnande pappren. I den bildade röken kunde jag se Nemi och mig själv. Hela vår gemensamma historia spelades upp i den grå rökplymen som förintades innan den nådde taket. Igen röklukt kändes och brandvarnaren förblev tyst.
Jag såg på utan att få fram ett ord. När häftet brunnit upp, det tog bara några sekunder men kändes som timmar, spolade Nemi ner askan i toaletten.

"Vi har fortfarande svåra strider framför oss. Du kommer att få dra ett tungt lass. Det är bäst att vi sover lite." Nemi gjorde en gest mot sovrummet. Vi klädde av oss nakna, la oss på sängen och drog täcket över oss.
Jag kröp genast upp i hennes famn och slocknade som ett stearinljus i storm.

Insignier

Jag hade sovit nästan ett och ett halvt dygn innan jag vaknade och steg upp. Nemi gick naken omkring i lägenheten och såg ut att fundera intensivt över något.

Hon hälsade mig, "God morgon min älskade".

"God morgon Nemi." Jag var fortfarande förvirrad av de senaste dygnens händelser och var osäker på vad som egentligen hände. Jag hade en uppsjö av frågor och funderingar som tarvade svar.

"Nemi. Har jag drömt om Berit, eller Lilit, på hispan?"

"Nej. Du har inte drömt. Allt är verkligt."

"Det finns inga demoner! Och även om så var fallet kan man inte hålla en sådan inspärrad på ett mentalsjukhus."

"Lilit är äkta tro mig. Att hon sitter där hon sitter beror på att hon tillfälligt är fast i en människas fysiska kropp."

"Men hon var ju ute, fri att rida mig som Maran?"

"För våldta dig måste Lilit anta en fysisk mänsklig gestalt. Andar och demoner kan inte ha samlag med människor."

"Det förklarar inte varför hon är kvar i Berits kropp."

"För att föda barn med mänskliga anlag gäller samma sak. För att barnet skall utvecklas under graviditeten måste modern vara "människa". Om modern lämnar sin fysiska mänskliga gestalt, då dör fostret."

"Men varför just Berit? Du uppträdde ju också som Berit när vi träffades första gången."

"Det beror på att Berits besatthet av andar och demoner, sinnessjukdom kallar ni det, gör det lätt för oss att använda henne för att materialisera oss."

"Det hela låter fullständigt absurt."

"Mycket i universum är absurt. Fundera över vad som fanns före 'Big Bang', ursmällen när tiden började. Innan dess fanns ingen tid. I själva verket fanns det inget 'innan' innan dess. Förklara det."

"Det kan ingen förklara."

"Just det. Vad är då så konstigt med andar och demoner?"

"Det här är fan i mig inte klokt."
Nu flinade Nemi.

"Lilit utnyttjade också en särskild omständighet för att rida dig."

"Särskilt omständighet?"

"När du tog min jungfrudom blev du samtidigt lovligt byte för andra varelser i min värld. Många av vår sort vill åt dina ärftliga egenskaper. Lilit utnyttjade tillfället. Det är en av konsekvenserna av vår förening. Din förening med en gudinna."

"Gudinna. Jag förstår inte?"

"Det kommer inte att hända igen. När jag återfått mina insignier och jag är närvarande kan jag skydda dig. Du kan även skydda dig själv om du är beredd. Dom som vill åt dig måste anta fysisk gestalt, och då är dom sårbara, men du måste använda våld."

"Vad menar du med gudinna och din värld?"

"Jag är Nemesis. Hämndens, vedergällningens och straffets gudinna. Den kropp som du känner som Nemi är min nuvarande mänskliga gestalt. Min värld är gudarnas, andarnas och demonernas."

"Vem av oss är det som är galen? Vi båda kanske?"

Nemis hjärtliga skratt fick mina panikkänslor att avta.

"Göran. Jag har noggrant valt ut dig för mina syften, att hjälpa mig i kampen mot Lilit. Jag måste återfå mina insignier, svärdet och gisslet, som finns hos Lilits medhjälpare, de onda djinnerna som intagit mänsklig skepnad. Så länge hon har kontroll över insignierna kommer hon också att ha makt över mig. Det här är mitt tillfälle att återfå min makt, nu när Lilit sitter fjättrad."

"Vad menar du med utvald?"

"För 2500 år sedan födde en gudinna i hemlighet ett barn, vars far var en människa. Du och din syster är de enda nu levande mänskliga släktingarna till detta barn. I era gener finns unika egenskaper som ger makt och kunskap. Många varelser i min värld vill åt dessa egenskaper. Du är eftertraktad som far. Många i min värld vill att det unika arvet skall föras vidare inom deras gren av släkten. Men det är endast det först födda barnet som ärver de egenskaper hos dig som så många eftertraktar. Och nu är Lilit gravid med dig.”

”Så jag är bara ett verktyg för dig?”

”Från början var det så. Men sedan drabbades jag av det förbjudna. Det mänskliga i mig tog överhanden. Jag blev förälskad i dig. Nu vill jag stanna i den här kroppen, älska och leva med dig tills vi båda kan befria oss från våra fysiska skepnader, när du dör din naturliga mänskliga död.”

”Hur skall du få tag på dina insignier?”

”Du hjälper mig.”

”Och hur skulle jag få tag på dina insignier?”

”Du känner till stigen upp på det norra berget.”

”Ja.”

”Det finns en utsprängd grotta där vars ingång täcks av ståldörrar.”

”Jag vet var det är. Det är ett gammalt skyddsrum.”

”Därinne, vaktade av djinner, finns mina insignier, svärdet och gisslet.”

”Hur kommer jag in?”

”Det kan jag hjälpa dig med. Värre är det med djinnerna. Dom har jag ingen makt över utan mitt svärd.”

”Och hur skall jag kunna slåss mot djinner?”

”Enkelt. Dom uppträder i mänskolik skepnad. Du skjuter dom med din pistol. Den du har i sovrummet.”

Nemi kände alltså till pistolen. Jag insåg, vilket jag anat, att det var hon som begått det brutala bankrånet och det med hjälp av min pistol.

"Du menar att jag skulle skjuta på människor.
Aldrig i livet."

"Det är inte människor. Det är varelser, djinner, i
skepnad av människor. Om du skjuter på dom
kommer dom att upplösas. Deras mänskliga
uppenbarelse kommer att förintas och då är dom
ofarliga för dig."

"Hur skall jag veta att det inte är riktiga
människor?"

"Där kommer bara att vara djinner. Dessutom
har de alla något kännetecken, som en bockfot,
svans, grisöra eller liknande."

"Nemi. Inget av det här kan vara på riktigt. Det
finns varken gudar, demoner eller andar. Jag tror att
du behöver vård."

Nemi log "Tänk efter! Har det hänt något som du
funderar över sedan vi möttes?"

Och det hade verkligen hänt märkliga saker sedan
Nemi dök upp!

Jag tänkte efter.

Lerskålen som plötsligt var hel.

Polkagrisfontänen.

Storsjöodjuret.

Spökerierna på prästgården i Borgvattnet.

Hundarna som anföll oss som Nemi stoppade.

*Nemi simmade i stormvågor som ingen människa skulle
klara.*

*Hon väckte den döda pojken, om han nu verkligen var död
på riktigt.*

Nemi fortsatte, "Det fallande glaset med mjölk såg
du nyligen. Det gjorde att jag insåg att jag var
tvungen att berätta sanningen för dig. Men först

ville jag att du skulle få träffa Lilit, så att du förstod
vad som hänt dig, Maran som red dig."
Jag förblev tyst. Hon hade rätt. En lång rad
oförklarliga händelser hade utan tvekan inträffat där
Nemi förmodligen var inblandad.

Plötsligt dök det upp ett par händelser i mitt huvud,
som jag grubblat över.
　"Nemi, den där kvinnan i skogen."
　"Aah! Du menar huldran som förvandlades till
hare. Hon skulle just ta makten över dig när jag
ingrep."
　"Vadå. Ta makten över mig?"
　"Ja."
　"Vad menar du? Förklara!"
　"Hon såg det gudomliga i dig, men insåg också
att du inte skulle kunna stå emot hennes kraft. Hon
ville få kontroll över dina gudomliga krafter, som
du själv är omedveten om, och använda dom för
sina egna syften. Men trollpackan visste inte vem
jag var. När hon insåg det, förvandlade hon sig till
en hare för att kunna fly fortast möjligt, vilket var
tur. Om hon konfronterat mig kunde det ha blivit
mycket obehagligt."
　"Obehagligt för vem?"
　"I första hand för henne, men även för dig. Jag är
glad att du slapp den upplevelsen. Det hade inte
varit någon uppbygglig syn för dig."
　"Du behöver inte berätta mer. Jag förstår."
　"Bra."
　"Och mannen i Stockholm som försökte
överfalla dig?"

”En smådjävul som var arg på mig.”
”Arg för vad?”
”Hans djävulska hustru hade tappat huvudet. Han skyllde på mig.”
”Helt oförtjänt?”
”Vad insinuerar du?” Hon log.
”Inget! Jag vill inte veta.”
”Hjälper du mig med insignierna.”
”Ja.”
”Bra.”
”Vad händer sedan om jag lyckas hämta dina insignier?”
”Då måste du göra mig gravid.”
”Förlåt. Vad sa du?”
”Jag måste bli gravid och få ett barn med dig.”
”Du kan ju inte få barn.”
”Kanske genom provrörsbefruktning, men helst vill jag ha barn på naturlig väg. Jag har läst att jag kanske kan lagas.”
”Lagas? Jag förstår inte.”
”Om man knutit om mina äggledare med något, kanske det går att ta bort, så att jag kan bli gravid med dig. Annars kan man kanske ta ett ägg från mig och befrukta med din sperma och sedan plantera in det i mig igen.”
”Varför vill du ha barn med mig?”
Jag tyckte att diskussionen var lätt absurd med tanke på omständigheterna.
”Om jag blir gravid och får ett gudomligt barn, då får jag ökad makt och ett visst skydd mot allt för strängt straff när Olympen dömer mig för min olydnad. Jag blir oåtkomlig för Lilit och många

andra. Barnet kommer att ärva unika egenskaper efter dig människa, och mig gudinnan. Dessutom, det viktigaste, nästan alla kvinnor vill ha barn. Jag vill vara kvinna fullt ut så länge jag är kvar i den här världen, som jag måste lämna den inom en snar framtid."

"Men Nemi du sa ju att bara det förstfödda barnet ärvde de unika egenskaperna efter mig och nu är Lilit gravid, med mig som far till fostret."

"Min älskade, vi löser ett problem i taget. Nu är det viktigaste mina insignier. Om jag får dom kommer Lilit att få, låt oss kalla det, 'missfall'."
"Nemi vad är du mest, kvinna eller gudinna?"

"Så länge jag är i mänsklig gestalt vill jag vara kvinna."

"Men varför är du steriliserad?"

"Det var för att omöjliggöra för mig att få barn som jag gjordes överkänslig för beröring och steriliserades. Mitt ämbete för Olympen kräver att jag förblir oskuld. Zeus fruktar dessutom att ett eventuellt gossebarn som han inte är far till, skulle hota hans makt i framtiden. Lilit fruktar mig som mor till ett barn där du är fadern, eftersom det skulle ärva egenskaper från dig som kan hota Satans makt. Här har Zeus och Lilit ett gemensamt intresse, att hindra mig från att få barn."

"Jag tror inte på något av det här. Jag är ingenjör, tekniker. Jag måste ha bevis."

"Nemi tittade bekymrat på mig och sa sen, "Det är förbjudet, men jag skall visa dig."

Ljud hördes från köket. När jag tittade dit såg jag
att kylskåpsdörren hade öppnats. Ur kylskåpet
svävade en mjölkförpackning och blev hängande i
luften. Från matrummet kom ett tomt glas
svävande fram till förpackningen, som öppnades.
Glaset fylldes med mjölk, varefter förpackningen
förslöts och återgick till kylskåpet. Plötsligt hovrade
Nemi iväg flera centimeter över golvet, fram till
glaset och grep det. Hon var fortfarande naken. I
ett enda drag drack hon ur glaset, och jag såg rakt
in i henne hur mjölken rann ner genom hennes
strupe, ner i hennes mage.

Förstenad av chock satt jag blick stilla. Mitt förnuft
vägrade att tro på det jag såg.
Nemi landade på golvet med en lätt duns, gick fram
till diskmaskinen och satte in glaset i den. Nu var
hon inte genomskinlig längre. Jag har mist
förståndet, tänkte jag.

   "Din fru, Petra, är gynekolog, eller hur?"
   "Ja, Petra är gynekolog, men hon är inte min fru
längre som du vet."
   "Inom dig är hon fortfarande din hustru! Du
älskar henne ännu."
   "Jag kan inte glömma henne."
   "Hon kanske kan laga mig?"
   "Nemi, du måste vända dig till allmänna
sjukvården."
   "Det går inte, jag har inget personnummer som
du vet. Och dom skulle nog bli ytterst förvånade
om dom tog blodprov på mig."

"Jag tror att man kan få viss vård utan
personnummer."

"Akutvård! Knappast hjälp att få barn."

"Men vad skulle det vara för konstigt med ditt
blod?"

"Dom skulle tro att jag är en fisk eller liknande.
Mitt blod består till stor del av havsvatten."

"Havsvatten?"

"Ja. Min far är ju Okeanos, världshavet."

"Jag är galen och hallucinerar."

"Kanske det. Men i så fall är du fast i den
hallucinationen. Du är tvungen att fortsätta leva i
den."

*Allt det här måste vara en följd av att jag ådragit mig
hjärnskador genom mitt supande. Hoppas att jag får behålla
lite av mitt förstånd om jag kommer till sans. Inget av det
här händer. Det kan inte hända. Jag kommer att vakna ur
detta. Det är bara en dröm.*

Utan att förmå säga något kastade jag mig på soffan
med ett stön.

"Vill du prata med Petra om hon kan hjälpa mig.
Ni kan gifta er igen om jag blir gravid och föder ett
barn."

"Du har sagt att vi är förenade för evigt."

"Ja. Det är vi också. Men jag vet nu att du inte
kommer att sluta älska mig även om du lever ihop
med Petra. Vi kommer ju att ha ett barn
tillsammans. Jag kan vänta på dig i 50-60 år tills du
dör som människa. Det är inte lång tid. Då träffas
vi igen i min värld. Jag kommer att vara med dig

under tiden, skydda dig, men utan att du märker
det.”

”Och Petra?”

”Hon kan tyvärr inte följa med till vår värld. Men
jag skall vaka över henne så länge hon lever, precis
som jag skall vaka över dig.” Rösten var allvarlig
men mjuk. Endast en antydan till leende.

”Pratar du med Petra?”
Jag kunde bara stöna.

”Ja jag skall prata med Petra. Hon kommer att tro
att jag är galen.”

”Du behöver inte tala om att jag är en gudinna.
Säg att vi bara är kk.”

”Kk?”

”Knullkompisar.” Hon log brett.

”Nemi, om du inte tillhör vår värld, hur kan du
veta så mycket om den och sådana ord?”

”Jag läser väldigt mycket.” Nu flinade hon igen.

”Nemi, hur gammal är du i din värld?”

”I min värld saknar ålder betydelse, men jag är
lika gammal som världshavet.”

”Och som människa?”

”Jag har varit människa tidigare, första gången för
många hundra år sedan, men just nu är jag omkring
30 till 35 år. Det är vad jag försöker vara.”

”Hur länge har du varit människa den här
gången.”

”Omkring fem år. Du var inte lätt att hitta. Jag
har letat runt hela jorden.”

”Men vem plockade jag upp med min bil, den
som simmat i sjön? Hon liknade Berit eller den du
kallar Lilit.”

”Det var också jag. Jag använde henne för att materialisera mig. Men jag bytte utseende hemma hos dig för att bli mer attraktiv för dig. Den här skepnaden intog jag utanför ditt badrum för inte så länge sedan.”

”Om jag bjuder hit Petra. Hur skall vi sova? ”

”Det överlämnar jag till Petra och dig att bestämma.”

”Om du fick bestämma?”

”Då skulle vi sova i samma säng alla tre. Men det är kanske ingen bra idé. Jag vet inte vad som skulle hända om Petra tog på mig.”

”Du får under inga omständigheter skada Petra!”

”Jag förstår det.”

”Men om hon skall operera dig, eller laga som du säger, då måste hon ta på dig.”

”Den beröringen är inte så intim så det skall jag nog klara.”

”Jag tror inte Petra vill dela säng med en kvinna. Hon har aldrig visat några lesbiska tendenser.”

”Jag tror att kvinnor kan bli mycket intima med varandra utan att vara lesbiska. I alla fall har jag läst om det.”

”Okej. Jag bjuder hit Petra och säger att hon och jag sover tillsammans. Sen får vi se hur det hela utvecklas.”

”Bra. Nu till det mest akuta, mina insignier.”

Svärd och gissel

När jag stod utanför stålportarna vilka ledde in till skyddsrummet som var utsprängt under foten på norra berget, var jag skräckslagen. Det var en mulen natt och mörkret hade infunnit sig. I ena handen hade jag två militära lysfacklor med rivtändare och i fickan hade jag min Beretta, den lilla automatpistolen. I en slida vid bältet hängde en skarpslipad bajonett, som jag "glömt" att lämna tillbaka efter en repetitionsövning.

Två dagar tidigare hade vi, Nemi och jag, varit vid ute i skogen och provskjutit pistolen. Jag är en ganska hyfsad pistolskytt efter utbildning i på den tiden obligatoriska militärtjänsten. Nemi hade på varje kvarvarande patrons kula, etsat in gamla grekiska symboler, med hjälp av en elektrisk märkmaskin som jag tillfälligt lånat på jobbet.

"Djinner är av någon anledning mycket känsliga för gudomliga symboler. Anledningen vet jag inte", var hennes kommentar när jag frågade vad hon gjorde.

"Jag trodde att man måste använda silverkulor, så säger i alla fall myterna."

"Silverkulor används mot spöken, varulvar, vampyrer, skogtroll och annat djävulskt småskräp, inte mot djinner."
På bajonetten ristade hon in olika tecken som såg ut att vara hämtade ur det gammelgrekiska alfabetet.
"Vi lånar lite kraft från Athena. Jag har lov till det. Hon har aldrig gett sig till en man, och det är därför hon har sina krigiska krafter. I alla fall sa hon så när jag mötte henne för omkring 1500 år sedan"

Efter några djupa andetag kände jag mig lugn, trots att jag helst velat springa därifrån.
Nemis röst kom till mig. "Du är redo. Var inte rädd. Jag är med dig."
Vid hennes ord öppnades stålportarna på vid gavel. Därinnanför var mörkret om möjligt ännu kompaktare än utanför och en vidrig stank slog emot mig. När jag gick in mot svärtan och odören möttes jag av höga hånskratt. "Vad är det för obetydlig liten figur som dristar sig att störa oss. Ha, ha! Har Nemesis möjligen skickat dig du eländiga varelse, en vanlig människa."

När jag kände ett svagt luftdrag och anade en rörelse tätt intill mig, slet jag instinktivt upp bajonetten med vänster hand och svingande den horisontellt i en halvcirkel, framför och på sidan av mig. När den skarpslipade eggen träffade något som den skar igenom som smör, hördes ett grutalt gurglande och jag hörde att något föll ihop bredvid mig.

När jag rev eld på en av ljusfackloran och kastade
in den i mörkret och då hördes en varning,
   "Akta! Ljus! Håll er undan!"
Vid mina fötter låg en människoliknande varelse, ur
vars halvt avhuggna hals en tjock grönflytande
vätska pumpades ut över golvet. Grönt blod!
Då hördes, "Vi skall slita dig i stycken lilla
människa. Bit för bit. Vi börjar med ditt kön sedan
tar vi armarna, benen, och sist ditt lilla inbilska
huvud."
Jag tog fram min Beretta samtidigt som jag försökte
se något i rummet, som i mitten var starkt upplyst
av facklans bändande sken, med de skrovliga
väggarna låg i halvskugga. När jag plötsligt förnam
en rörelse i ett mörkare parti vid väggen till höger
om mig sköt jag direkt, halvt i panik. Ett
fruktansvärt vrål ekade samtidigt som en
människolik varelse transformerades till ett
vedervärdigt monster som sedan upplöstes och
försvann i tomma intet.
   "Tre kvar", sa Nemi inne i mitt huvud samtidigt
som jag hörde från skuggorna, "Han har vapen.
Kan skada oss. Göm er."
Jag rev eld på den andra facklan och hela grottan
blev upplyst som en sommardag i sol. Längst in i
rummet såg jag Nemesis insignier, svärdet i sin
skida, det mångsvansade gisslet och deras
skinnfodral, hängande på väggen. Framför stod tre
människoliknande varelser och stirrade på mig. En
hade grisöron, en annan svans och den tredje
bockfot.

Så hördes. "På honom. Han hinner inte skjuta oss alla tre."

Men tydligen ville ingen av dom agera först.

Kanske blev de avskräckta av att se den varelse vid mina fötter som vred sig i konvulsioner under det att den omvandlades till en slemmig hög. Eller så berodde det på att jag uttalade de ord som Nemi lärt mig, "Jag har gudomliga krafter!"

Så de tvekade någon sekund. Tillräckligt länge för att jag skulle hinna börja skjuta. De upplöstes alla på samma skräckinjagande sätt som den första jag skjutit, när dom träffades av de symbolmärkta kulorna. Den sista av dom var bara två meter från mig när han dematerialiserades.

Snabbt gick jag fram till bakre väggen, slet ner insignierna och lämnade grottan. Utanför måste jag ha förlorat medvetandet av anspänningen.

När jag vaknade svävade jag högt över staden, i riktning mot hemmet. Över ån släppte jag pistolen och de kvarvarande magasinen, på uppmaning av den varelse som bar mig, Nemesis, nu åter som fullvärdig gudinna med sitt svärd och gissel.

När jag vaknade nästa morgon var jag osäker på om jag drömt eller inte. Nemi stökade naken i badrummet som vanligt.

"God morgon", hälsade hon leende precis som hon brukade. Ingen antydan om nattens händelser, om de nu ägt rum.

Lagning

Petra hade gått med på att besöka oss efter att jag pratat med henne via telefon. Hon hade möjlighet att stanna i tio dagar. Jag hade förklarat att hon och jag skulle sova tillsammans och att mitt umgänge med Nemi visserligen hade varit intimt men egentligen bara för vänskaps skull.

"Hej Petra. Det är Göran."

"Hej. Roligt att höra din väna stämma. Hoppas allt är bra med dig och Nemi."

"Hm. I stort sätt är det bra med oss, men vi har ett par problem som vi skulle vilja diskutera med dig."

"Det är väl inga problem mellan dig och Nemi, hoppas jag."

"Nej inte direkt, även om hon är en del av det ena problemet."

"Du vill att jag skall medla mellan er, eller?"

"Någonting sånt är det inte fråga om, men jag vill inte ta det per telefon."

"Okej. Du nämnde två problem. Vad är det andra?"

”Du är en del av det, eller orsak till... Förlåt. Jag menar att du kan undanröja ett personligt problem för mig, och vid samma tillfälla kanske du kan hjälpa Nemi med hennes bekymmer.”

”Nu gör du mig nyfiken. Vad gäller saken eller sakerna, mer konkret?”

”Som jag sa. Jag vill inte ta det per telefon. Kan du ta ledigt och besöka oss under ett antal dagar?”

”Ja det är nog möjligt. Hur skall jag bo, sova alltså?”

”Vi två sover i sängkammaren, i dubbelsängen.”

”Nemi då?”

”Hon sover på soffan i vardagsrummet.”

”Vet hon att vi låg med varandra sist jag var där?”

”Ja.”

”Och det accepterade hon?”

”Ja.”

”Om det skulle hända igen? Att vi har sex, menar jag. Vad säger hon då?”

”Hon har gett oss ’Carte Blanche’, även om det inte är explicit, att vi kan ha sex. Hon accepterar att vi sover ihop och hon är ingen dumbom. Hon och jag ligger med varandra mest för vänskaps skull.”

”Det där tror jag inte på. Du är väldigt fäst vid henne.”

”Du har alltid kunnat läsa mig som en öppen bok. Ja, jag är fäst vid henne. Men jag hoppas att du kommer i alla fall.”

”Okej. Det låter spännande. Jag kommer. Mejlar dig om när det kan bli.”

”Det vore bra om du kunde stanna flera dagar, så länge du kan eller vill.”

”Okej. Puss.”
”Puss.”

När vi några dagar senare var på väg i min bil från
järnvägsstationen där jag hämtat Petra, fick jag syn
på en löpsedel som chockade mig så svårt att jag
tvärstannade mitt i gatan. Min upprördhet gjorde
att jag knappt fick luft.
”Vad är det med dig? Är du sjuk?”
Petras röst speglade hennes oro.
”Nej då. Det bara hugg till i benet av kramp. Jag
kan få det ibland när jag har för trånga skor.”
”Okej. Men det bäst att du kör nu innan det blir
trafikkaos.”
Jag gjorde som hon sa men kunde inte få bort
löpsedelns feta rubrik ur huvudet.

Gravid kvinna på mentalsjukhuset halshuggen!

Hemma i lägenheten satt Nemi i en fåtölj och läste
när vi kom in genom dörren.
Hon hälsade Petra med ett leende. ”Välkommen!”
”Tack.”
”Nemi! Jag vill tala med dig i enrum!” Min röst
darrade av vrede.
Jag var fortfarande upprörd över löpsedeln men
kunde naturligtvis inte säga något så länge Petra var
närvarande.
”Jag anar vad du vill tala om.”
”Kärleksgnabb”, undrade Petra med road min.
”Nej inte alls”, svarade Nemi, ”det överlåter jag
åt er två, både kärleken och gnabbet”.

Hon log varmt mot Petra, som nickade, tittade på mig och log.

”Jag går in i sovrummet och stänger dörren så får ni två prata ut.”

”Du har huggit huvudet av Berit med ditt svärd.”

”Ja.”

”Så Lilit och mitt barn är döda.”

”Nej. Berit är död men Lilit dog inte. Hon kan inte dö. Hon slapp lös ur sitt mänskliga fängelse men kommer inte att ha någon makt över oss. Ditt barn har dött.”

”Du har mördat mitt ofödda barn!”

”Glöm inte att det också skulle bli avkomma till djävulens hustru.
Aborter förekommer dagligen hos er människor av simplare skäl. Det var nödvändigt!”

”Jag är så upprörd att jag skulle kunna kasta ut dig på gatan.”

”Det skulle inte vara snällt. Gå nu och ta hand om din före detta och blivande hustru. Hon längtar. Hon har redan klätt av sig.”
Jag stirrade på henne en lång stund, reste mig sedan och gick in till Petra i sovrummet. Hon tog emot mig i sin varma famn där jag fann ro.

När vi vaknade dagen efter var Nemi försvunnen. Min ilska mot henne för mordet på mitt ofödda barn var som bortblåst. Jag insåg att hon hade rätt.

Efter att Petra och jag skött våra morgonbestyr, duschat nakna tillsammans, älskat och sedan ätit

frukost sa Petra. "Du ville fråga mig om
någonting."
Jag vred mig av olust, tänk om hon säger nej. Vad
gör jag då? Stämningen skulle bli ansträngd, antog
jag.
Så samlade jag mod och frågade, "Vill du gifta dig
med mig"
   "Ja." Svaret kom utan tvekan.
   "Men vad säger Nemi?"
   "Hon accepterar det."
   "Verkligen?"
   "Ja. Tanken på dig har jag aldrig kunnat släppa.
Min saknad har varit oerhörd. Jag har aldrig slutat
älska dig."
   "Det är på precis samma sätt för mig. Men ditt
missbruk gjorde det omöjligt att leva tillsammans
med dig."
   "Jag vet", sa jag dystert och tänkte på hur mycket
elände mitt supande hade förorsakat.
   "Vi gifter oss genast. Jag kan få jobb här i stan
direkt. Det är brist på gynekologer. Jag kan flytta in
om någon månad."

Jag tog mod till mig.
   "Det är en sak till och det är mycket känsligt.
Missförstå mig inte nu men jag vill inte ljuga. Mina
känslor för Nemi är mycket starka och hennes för
mig. Jag har lovat försöka hjälpa henne med en sak
innan hon försvinner ur mitt liv. Det hon vill ha
hjälp med inkluderar dig, eller din roll som
gynekolog."
Petra såg med allvarlig undrande min på mig.

”Jag har noterat att du är djupt förälskad i henne. För din skull vill jag gärna hjälpa henne. Men varför skall hon försvinna?”

”Hon vill inte stå emellan oss.”

”Det finns säkert en lösning på det problemet.”

”Det finns flera skäl.”

”Vad vill hon ha hjälp med.”

”Nu blir det blir lite komplicerat. Nemi är opererad. Hon kan inte få barn. Hon vill ha hjälp med att bli lagad, som hon uttrycker det. Hon vill kunna bli gravid.”

Petra tittade med undrande min på mig.

”Varför vänder hon sig inte till den allmänna sjukvården. Dom kan undersöka om det går, och i så fall hjälpa henne.”

”Nu blir det verkligen komplicerat. Hon kan inte kontakta någon inom det officiella.”

”Varför inte?” Hennes min var nu mycket undrande.

”Det är som jag sa, verkligen mycket komplicerat, men Nemi finns inte. Hon saknar personnummer och alla papper.”

”Saknar personnummer. Det är inte möjligt, om man inte är papperslös invandrare vilket jag inte tror att hon är, eller spöke förstås.”

”Just det.”

”Vadå just det? Du påstår väl inte på fullt allvar att hon skulle vara något sorts spöke.” Hennes min uttryckte, milt sagt, misstro.

”Om vi lämnar hennes status som människa, skulle du kunna hjälpa henne?”

"Jag måste naturligtvis undersöka henne först och
då behöver jag tillgång till en klinik."
"Okej. Jag pratar med Nemi."
"Varför kan vi inte prata med henne
tillsammans?"
"Hm. Det kan nog bli mycket intressant. Jag
frågar henne, om eller när hon dyker upp."
"Du vet alltså inte var hon är. Var bor hon?"
"Nej, jag vet inte var hon är. Hon brukar
försvinna då och då, vart vet jag inte. Sedan
november förra året har hon bott här."
"Aha, ni har levt som gifta."
"Bara sedan i våras. Nemi är lite knepig, speciellt
när det gäller intim fysisk beröring."
"Okej, vi pratar med henne när hon dyker upp."

När Petra och jag steg upp och gick till badrummet,
nakna, den tredje dagen efter Petras ankomst, satt
Nemi i vardagsrummets soffa. Hon tittade
intresserat på Petras nakna kropp medan hon
hälsade,
"God morgon".
Petra svarade med ett leende, "God morgon".
Jag visste inte vad jag skulle säga så jag teg.
Fortfarande kände jag mig obekväm med att de två
kvinnor jag älskade var närvarande i mitt hem
samtidigt.

När vi duschat och klätt på oss gjorde Petra Nemi
sällskap i vardagsrummet medan jag lagade frukost
åt oss alla tre. Jag hörde deras konversation från
köket.

”Du vill ha hjälp av mig.”

”Ja. Dom har opererat mig så att jag inte skall kunna få barn. Jag undrar om du kan laga mig.”

”Men vem och varför har man steriliserat dig mot din vilja.”

”Någon som inte vill att mitt arv skall föras vidare. Jag vill helst inte tala om det.”

”Okej, och du kan inte gå till den öppna sjukvården, om jag har förstått saken rätt.”

”Du har förstått rätt.”

”Du saknar personnummer.”

”Ja.”

”Varför?”

”Är orsaken till det viktig?”

”Nja, jag vill veta om jag skulle göra mig skyldig till något olagligt.”

”Jag vet inte om det är olagligt att hjälpa någon bara för denna saknar personnummer. Är det?”

”Jag vet inte.”

”Vill du hjälpa mig?”

”Okej. Men jag måste ha tillgång till en klinik så att jag kan undersöka dig ordentligt.”

”Kan du inte bara göra hål i mig och titta efter med ett sådant där instrument som man kan sticka in i hålet.”

Petra roat ”Men du behöver lokalbedövning och sterila förhållanden”.

”Jag tror att jag klarar mig utan bedövning och jag är motståndskraftig mot bakterier”

Petra ännu mer road, ”Jag skulle få min läkarlegitimation indragen om det blev känt eller

om någonting går fel. Det är uteslutet om det inte
sker på en klinik."

"Jaha."

Jag var just då klar med frukosten och bjöd till
bords. "Jag hörde vad ni två pratade om. Kan du
använda kliniken där du jobbar."

"Jag får inte behandla någon utan personnummer
där, om det inte gäller ett akutfall."

Då fick jag en i mitt tycke lysande idé,

"Vi lånar ett personnummer från en person som
vi vet inte behöver det".

Petra såg på honom "Det är inte så lätt. Det
kommer att upptäckas och då får jag sparken och
kanske läkarlegitimationen indragen."

"Men man kan ha råkat knappa in fel
personnummer."

Petra tänkte en lång stund "Ja, jag skulle nog inte få
legitimationen indragen för ett sånt fel. Det skulle
kunna fungera."

"Hur gör vi nu då", frågade jag.

"Vi", sa Petra, "det blir en sak mellan Nemi och
mig. Nemi måste komma till Stockholm. Hon kan
bo hos mig."

Förvirrat såg jag på Nemi och sa, "Det är nog bäst
att jag är med".

"Vi två flickor klarar oss utan manlig hjälp", log
Nemi till min förvåning, "dina anatomiska
kunskaper om kvinnor är nog begränsade till deras
yttre."

Dagen efter åkte båda två hem till Petra i
Stockholm.

"Vi hör av oss när vi är klara."

Nemi hade med sig ett avlångt fodral i skinn. Jag
visste vad det innehöll.

Jag var livrädd för vad som skulle kunna hända nu
när dom lämnat mig för att umgås på tu man hand.
*Hur skulle Nemi reagera på beröring från Petra om hon
uppfattade den för intim? Hur skulle Petra reagera om eller
när hon upptäckte att Nemi inte var helt och hållet
människa? Vad pratade de om? Vad berättade de för
varandra om mig? Skulle Petra berätta om mitt drickande,
löften jag svikit och alla mina otrohetsaffärer? Hur skulle
Nemi reagera då?*

Tiden som aktiv alkoholmissbrukare hade varit ett
helvete. Efter skilsmässan hade saknaden efter
Petra varit oerhört smärtsam, även efter det att mitt
drickande hade upphört. Men nu var det värre. Jag
genomled alla helvetes kval. Vad hände? Vad höll
dom på med? Gick operationen bra?
Jag försökte ringa, SMS: a och mejla. Inga svar eller
livstecken. Det verkade som om dom höll mig på
halster med avsikt. Jag skrev vanliga brev och till
slut ett rekommenderat sådant. Det
rekommenderade brevet hämtades ut. Utan
resultat.

Det gick en månad och jag började tro att jag
förlorat dem båda. Den gröna skylten som jag
passerade dagligen på väg till och från arbete
lockade mer och mer. Jag visste att spriten endast
skulle ge tillfällig lindring, en dag eller två och sedan
skulle jag vara fast i alkoholistens helvete igen.

Jag begravde mig i arbete, från sju på morgonen till
tjugotre på kvällen, även över helgerna, så att jag
stupade i säng på kvällarna. Detta ledde till att jag
befordrades till avdelningschef med väsentligt
högre lön, men jag kände ingen glädje över det.

En flash på internet en dag, gjorde det dock lite
lättare att stå ut. Jag anade att åtminstone en av
mina kära var inblandad.

Masshysteri på Drottninggatan i Stockholm.
Enligt vittnen
Mitt under middagsrusningen på Drottninggatan vaknade
ett av betonglejonen, som står utplacerade med jämna
mellanrum, till liv. Med två lyckliga barn i tre till
fyraårsåldern på ryggen började lejonet gå omkring bland
fotgängarna.
Barnens föräldrar blev hysteriska och bland övriga
människor spred sig paniken när lejonet lufsade omkring
och slickade i sig deras glassar. Efter någon minut återvände
lejonet till sin plats och förstenades åter, till de små ryttarnas
besvikelse. En snabbt anländande polispatrull kunde inte
fastslå att händelsen verkligen ägt rum.
En professor i psykologi säger att det hela är ett typiskt
exempel på masshysteri.

När jag efter trettiofem dagar utan livstecken, sent
en fredagskväll kom hem till lägenheten hörde jag
glada skratt och fnitter så fort jag öppnade
ytterdörren. Hjärtat höll på att stanna av glädje och
skräck.

Nemi satt uppkrupen i soffan med benen under sig,
som vanligt. Petra satt i en fåtölj med benen uppe
på soffbordet. Båda var helt nakna.
Dom tittade fnissande på mig när jag klev in i
vardagsrummet. "Välkomna tillbaka", lyckades jag
pressa fram med ansträngd röst.

"Tack", fnissade Nemi.

"Tack", kom det lika roat från Petra.
Förvirrat visste jag inte vad jag skulle säga och
kunde bara pressa fram, "Jag är trött, måste gå och
lägga mig."
Att jag var trött var en underdrift. All kraft rann ur
mig när jag återsåg mina älskade kvinnor. Jag höll
på att svimma av rörelse och utmattning.

"Ja gör det", hörde jag Petra säga, "Jag sover på
soffan. Nemi sover hos dig. Hon vill gärna ha barn
med dig."
Jag lyckades med knappt nöd stappla in i
sovrummet, klä av mig och kasta mig på sängen.
Jag var osäker på om jag hört rätt.

När jag vaknade till framåt tretiden på morgonen
var det i Nemis varma, inbjudande villiga famn. Vi
älskade flera gånger innan gryningen. Vid åttatiden
försvann Nemi och jag somnade om och vaknade
först klockan tolv. När jag naken gick till
badrummet för sköta mina morgonbestyr, satt
Nemi i vardagsrummet och Petra grejade i köket.
De båda tittade roat på mig, "Precis lagom till
brunchen". Det var Petra från köket. Nemi var
fortfarande inget vidare på att laga mat.

Vid brunchen bestående av prinskorv, bacon, stekta ägg och vitt bröd hade jag tunghäfta. Jag kände mig som en skolpojke som just skulle fråga chans på flickan han beundrade.

Tjejerna pratade och fnittrade som om dom känt varandra från småskolan.

Efter att ha ätit ordentligt, för första gången på åtskilliga dagar, mådde jag bättre och frågade,

”Gick allting bra”.

”Bortsett från att jag blev avskedad från mitt arbete, så gick det bra”, log Petra, ”men jag börjar en fast tjänst på lasarettet här i stan, om två veckor.”

”Jag är lagad”, fnissade Nemi.

”Nu sover du och Nemi tillsammans tills hon blir gravid. Sen får vi se.”

”Och vi två”, jag tittade på Petra.

”Vi får väl sticka emellan när Nemi inte är hemma”, hon fnittrade som en trettonåring.

”Jag tittar gärna på”, kom det från Nemi.

”Det får du inte!” Petra lät upprörd.

”Varför hörde ni inte av er på så lång tid.”

Petra såg mig i ögonen, ”Det var ett test. Nemi ville ta kontakt men jag ville inte. Det var för att se att om du klarade stressen och inte började dricka igen.”

”Så du litade inte på mig?”

”Nej. Tycker du att jag borde ha gjort det? Kom ihåg hur många gånger du slutat dricka tidigare.”

Det kändes tungt att inte anses fullt pålitlig när det kom till alkohol, men jag insåg att hon hade rätt.

”Det var faktiskt nära att jag trillade dit igen.”

”Men det gjorde du inte!” Petra log mot mig.

”Det skedde en incident på Drottninggatan en dag. Med ett lejon. Ni var möjligtvis inte i närheten?”

Ett kvävt fniss hördes från soffan.

”Jo faktiskt”, det var Petra som fortsatte, ”men jag råkade vara inne på Åhlens just då.”

”Och Nemi var väl på toaletten förmodar jag?” Jag var medvetet lite provokativ.

Petra förvånat, ”Hur kunde du veta det”?

”Intuition”, flinade jag.

Två dagar senare var Nemi borta när jag kom hem. Petra satt ensam i vardagsrummet.

Hon hälsade, ”Hej”.

”Hej. Var är Nemi?”

”Jag vet inte. Jag trodde att du möjligen visste.”

”Nej. Försvann hon ibland när ni två bodde ihop i Stockholm?”

”Nej.”

”Hm.” Jag gick och tittade i Nemis garderob. Fodralet med svärdet och gisslet var borta.

”Jag är rädd för att någon blir ett huvud kortare i dag.”

Jag studerade Petra för att se hur hon reagerade medan jag yttrade mig. Hur mycket visste hon egentligen om Nemi och hennes gudomlighet?

Petra rynkade pannan. ”Vad menar du”?

Jag ignorerade frågan. ”Berätta om hur du upplever Nemi, hur ni hade det i Stockholm och om operationen.”

Petra betraktade mig med tankfull min.

”Nemi är en mycket komplicerad och underlig person. Jag är inte säker på att du skulle tro mig om jag berättade vad jag upplevde med henne.”

”Vad menar du? Du påstår väl inte att något onaturligt inträffat.”

Petra stirrade med oseende ögon ut genom fönstret medan hon svarade, ”Onaturligt. Jag vet inte. Men saker inträffade som jag inte kan hitta någon naturlig eller vetenskaplig förklaring till. Otroliga saker.”

”Välkommen i klubben”, sa jag medan jag log inombords. Nemi hade alltså inte avslöjat för mycket om sig själv, så mycket att hon skrämt bort Petra.

”Men operationen gick bra. Nemi är fertil igen”, fortsatte Petra, ”Hon sa också att det var viktigt för henne att få barn, med dig!”

”Varför just med mig?”

”Du har rätt egenskaper som hon vill att barnet skall ärva.”

”Och du accepterar att hon ligger med mig, trots att du lovat gifta om dig med mig. Du har väl inte ångrat dig?”

”Nej, jag har inte ångrat mig. Men jag känner att hon inte utgör något hot mot vårt blivande äktenskap och samliv. Och jag vet att du längtar efter ett barn. Jag är inte speciellt svartsjuk av mig, som du kanske minns från förra gången vi var gifta.”

”Hur trivdes ni ihop för övrigt?”

”Vi hade en stor kontrovers i början. Du hade ju berättat att hon var känslig för intim beröring, men att hon var så känslig som det visade sig att hon var, förstod jag inte."

"Vad hände?"

"Hon stod naken i badrummet och betraktade sig själv i spegeln. Jag gick upp bakom henne för att se på hennes mycket vackra kropp. Av någon anledning, lust tror jag, la jag min hand på hennes axel. Jag trodde att hon skulle döda mig. Men det gick snabbt över och hon bad om ursäkt."

"Det hände mig också när jag tog på henne första gången."

"Men nu ligger ni med varandra."

"Kognitiv beteendeterapi, men vägen dit var lång och minst sagt spännande, för spännande egentligen. Om jag inte varit så kär i henne hade jag avslutat det hela."

Jag fortsatte, "Du trodde att orsaken till att du la handen på henne var lust. Jag trodde inte att du hade lesbiska böjelser."

"Lesbisk böjelser. Jag vet inte. Klart är att jag kände en stark sexuell dragning till henne. Vi låg med varandra till sist. Det var underbart."

Jag var förbluffad. "Vad säger du. Hur gick det till? Hur lyckades du få henne att tolerera din beröring?"

"Enkelt. Hon berättade hur ni hade gjort och hon förslog att vi skulle göra på samma sätt."

Jag var förstummad. Till sist dristade jag mig till att fråga, "Tror du att Nemi är övernaturlig på något vis".

Jag förväntade mig ett gapskratt, men istället, "Nej, uppriktigt sagt. Men om jag inte visste att

övernaturliga varelser inte existerade, då skulle jag
anse henne besitta övernaturliga krafter.
Oförklarliga saker inträffade med henne.”
Jag nickade. ”Om hon blir gravid med mig och
föder vårt barn så kommer hon att lämna oss när
hon fött barnet, har hon lovat.”

”Lovat? Jag vet inte om jag vill det. Jag är också
förälskad i henne. Jag kan tänka mig att vi lever
ihop alla tre.” Hon såg mig i ögonen medan hon sa
det. Jag log mot henne, ”Jag vill inte heller att hon
lämnar oss, men du kommer förr eller senare att få
veta sanningen om Nemi, och då kanske du ändrar
uppfattning”.

”Vad menar du med sanningen om henne?”

”Glöm det. Du får fråga Nemi. Kom nu
budoaren väntar. Låt oss nu njuta av tillvaron. Och
eftersom Nemi inte är här kan vi passa på.”

Senare samma dag frågade jag åter vad som hänt i
Stockholm och vad som var så otroligt. Jag lovade
att inte skratta åt henne.
Petra började tveksamt, ”Det började med att jag
tog ett blodprov, i fall det skulle bli någon
komplikation så att hon skulle behöva en
blodtransfusion. Jag tog flera prover med samma
resultat.”

”Och?”

”Hennes blod består till stor del av havsvatten.”

”Jasså?” Jag spelade häpen, ”Det är inte möjligt”

”Dom måste ha gjort något fel på labbet som
analyserade proverna.”

”Vad hände vidare?”

”Efter magnetröntgen som visade att det var
möjligt att återställa hennes fertilitet, kom vi
överens om att jag skulle operera henne med
titthålskirurgi.”

”Och sen?”

”Du vet hur det går till. Man gör tre hål i buken i
vilket man sticker in instrumenten, Det hela
övervakas på en monitor, eller skärm som det heter
nu för tiden.”

”Ja, jag vet hur det fungerar.”

”Sen var det hela en barnlek. Operationen gick
ovanligt lätt och bra. Precis när jag avslutade det
hela märkte jag att det inte var på monitorn jag
tittade. Jag såg rätt in i henne, som om hon var
genomskinlig. Jag var medveten om att jag såg
henne så under kanske 5 sekunder sen var hon som
vanligt igen. Men jag fick en känsla av att det varit
så under hela ingreppet, och att det var därför det
gick så lätt. Det måste ha varit en villa.”

”Jaha.” Jag glömde att spela överraskad.

”Du verkar inte speciellt förvånad.”

”Ingenting förvånar mig när det gäller Nemi.”

”Men vad har hänt med hennes rygg? Hon har
spår efter ärrbildning över hela ryggen och stjärten.
De känns när man smeker henne.”

”Så hon berättade inte?”

”Jag frågade inte.”

”Hon blev piskad.”

”När?”

”Omkring ett halvår sedan.”

”Av vem och varför.”

”Vem får du fråga henne om. Orsaken var att hon varit olydig.”

”Olydig? Mot dig?”

”Snarare med mig. Vill du veta mer får du fråga henne.”

Tre dagar senare när Petra och jag kom hem after ett krogbesök, satt Nemi i soffan och läste.

”Hej”, hälsade hon. Ingen antydan till förklaring till sin frånvaro, som vanligt. Jag var ju van, men märkte att Petra blev irriterad över den uteblivna förklaringen. Men hon frågade inte.

På nätet hade jag läst om en händelse i Hamburg där tre personer mist livet. De hade blivit halshuggna. Senare när jag trodde att Petra inte hörde, förmanade jag Nemi.

”Man får inte hugga huvudet av människor! Du måste sluta med det.”

Jag hörde en flämtning från sovrummet och förstod att Petra hört mig.

”Okej. Jag skall sluta med det. Omedelbart. Jag kommer att mista mitt ämbete. Men det kommer jag att göra i alla fall, eftersom jag inte längre är oskuld.”

Petra kom ut från sovrummet, blek och skakad. Hon stirrade på mig och Nemi utan att säga ett ord.

”Nemi är alter ego för Nemesis. Du som är intresserad av grekisk mytologi vet säkert vem det är.” Jag var vänd mot den djupt chockade Petra. Efter en lång stund där hon betraktat oss intensivt, förmodligen för att se om vi skämtat, ”Jag vet vem

Nemesis är. Men det är bara en myt. Jag tror inte
för ett ögonblick på det här."
Nemi log mot henne men sa inget. Även jag teg.

Graviditet

En dag sa Nemi, "Om nio månader slipper ni mig, då har jag fött vårt barn. Göran, jag är gravid. Nu sover du och Petra ihop i fortsättningen."

Jag blev iskall, "Jag vill inte att du försvinner. Jag vill inte att vårt barn försvinner."

Nemi tittade på Petra som sa, "Jag vill att du och barnet stannar hos oss".

Nemi tänkte en stund. "Okej. Jag stannar så länge barnet ammar. Sedan försvinner jag. Barnet stannar hos er. Vi blir tvillingmammor Petra och jag. Två mammor, ett barn. Det blir min kärleksgåva till er. Det kommer att bli ett gudomligt barn."

Ja det blir det. Antagligen tolkade Petra Nemis sista mening mindre bokstavligt än vad jag gjorde.

"Barnet måste få ett svenskt personnummer och ett förlossningsintyg krävs," sa Petra och såg bekymrad ut, "Varför kan du inte stanna hos oss", fortsatte hon.

Nemi tittade på mig, sen på Petra. "Jag har ett straff som väntar. Jag kan inte undandra mig det länge till."

Petra stirrade förskräckt på henne, "Vad menar du? Skall du sitta i fängelse?"

"Ja, något liknande. Det kan bli långvarigt." Nemis leende var sorgset.

"Var? Vad har du gjort?" Petra var upprörd.

"Jag vill inte prata om det. Göran kan förklara när jag är borta. Inte nu."

"Men hur skall vi förklara barnet. Vi måste ju besöka barnavårdscentralen och det måste få gå i skola. Barnet måste absolut ha ett personnummer och jag måste registreras som mamma." Petra såg minst sagt oroad ut.

"Enkelt. Du förlöser mig här i hemmet och sedan registrerar du dig som mamma."

"Men förlossningsläkaren som utfärdar intyget kan ju inte samtidigt vara mamma till det förlösta barnet."

"Är det förbjudet att förlösa sig själv?"

"Nej, det tror jag inte. Men att utfärda intyg om sig själv är troligen förbjudet."

"Skulle någon upptäcka att modern och förlossningsläkaren var en och samma person?"

"Jag vet inte. Men om det upptäcktes och man kan konstatera att jag inte är biologisk mor till barnet, så kanske de tar det ifrån oss."

"Och hur skulle dom upptäcka det."

"DNA-analys"

"Dom skulle bli <u>mycket</u> förvånade. Men dom skulle se att Göran är pappa till barnet. Kan dom ta det då"?

"Kanske inte. Troligen inte. Men i det här landet har enskilda socialtjänstemän mycket makt och är svåra att rå på, även om man har lagen på sin sida."

"Ett annat alternativ är att använda någon legitimerad läkares eller barnmorskas signatur på intyget." En tendens till roat leende fanns på Nemis läppar när hon sa det.

"Urkundsförfalskning. Det är brottsligt. Aldrig i livet." Nu var Petra ordentligt upprörd.

"Men om namnteckningen är äkta." Nemis leende hade blivit bredare.

"Vad menar du?"

"Förlossningen sker här i hemmet med hjälp av en läkare eller barnmorska. Jag lånar din identitet. Då blir intyget äkta och även namnteckningen." Leendet var nu glatt.

Petra såg ut som om hon höll på att förlora förståndet. Efter en lång stund stönade hon, "Det kan gå men är fortfarande brottsligt. Men det är riskabelt med hemförlossningar, om det skulle bli komplikationer och om du behöver till exempel en blodtransfusion?"

"Saltvatten finns alltid att tillgå." Nu flinade Nemi. Det roade uppenbarligen henne att se Petras chockade och upprörda min.

"Saltvatten. Nu förstår jag inte."

"Inte. Du har ju tagit blodprov på mig. När du lagade mig."

"Nemi! Du är inte riktigt klok!"

"Jag vet", flinade Nemi.

"Göran, det här är vansinne. Prata med henne." Petras röst hade inslag av desperation.

”Nu sätter du mig i svår sits Petra. Jag önskade
att jag kunde förklara. Men jag håller faktiskt med
Nemi.”
Petra stirrade på mig som om hon hört fel,
alternativt att jag var lika galen som Nemi.
”En dag kommer du att förstå”, fortsatte jag.
Petra skakade på huvudet. ”Jag ger upp! Ni får
försörja mig efter avtjänat fängelsestraff och när jag
mist mitt arbete!”

Familjelivet gick in ett behagligare lugnare tempo.
Petra och jag sov oftast ihop på nätterna. Nemi och
jag sov tillsammans och älskade då och då. Ibland
sov vi alla tre i samma säng, utan sex dock. Petra
var allt för pryd. Hur flickorna gjorde, om dom
hade sex med varandra, vet jag inte, men hoppades
att dom hade det. Jag såg det aldrig och frågade
inte, men ibland hördes glada fnissningar bakom
den stängda sovrumsdörren när de båda var där.

Vi kastade ut den gamla skinnsoffan och köpte en
bäddsoffa i stället, där Nemi oftast sov. Ibland
Petra. Nemi försvann inte längre oförklarligt. En
behaglig frid och sinnesro infann sig i mitt inre.
Även Petra och Nemi verkade glada och lyckliga.
Jag och Petra arbetade på dagarna medan Nemi var
hemma och läste eller tog långa promenader.

Efter fyra månader började en lätt rundning synas
på Nemis mage, som växte allteftersom tiden gick.
Hon brukade ställa sig naken i badrummet och

fnissa, samtidigt som hon beundrade sig själv i den hellånga spegeln.

När graviditeten nått lite längre, låg ibland Petra och jag på varsin sida om Nemi i sängen, med varsitt öra tryckt mot hennes mage. Vi kunde känna och höra det nya livet som växte inuti hennes kropp. En överväldigande lyckokänsla brukade komma över mig vid dessa tillfällen. Petra brukade också se glad och belåten ut, medan Nemi fnittrade lyckligt.

Graviditeten verkade fortskrida normalt.

Staden däremot, drabbades av en serie spektakulära oförklarliga händelser.

Så till exempel kom en dag en späckhuggare simmande upp i ån där den fick syn på en obemannad eka som den försökte äta upp. Tydligen smakade den inget vidare ty den spottade ut farkosten igen, men nu i två delar, och försvann sedan.

Tillkallade Zoologer hävdade bestämt att det omöjligen kunde ha varit en späckhuggare. Men den tvådelade ekan med tydliga tandmärken kunde de dock inte förklara. Nemi hade som vanligt varit i närheten, men hävdade enligt egen utsago, med ett flin, att hon tyvärr missat tilldragelsen då hon varit på toaletten just vid spektaklet.

På grund av toalettbesök missade hon även händelsen när utsiktstornet på norra berget, gemenligen kallat glasspinnen, smälte och strömmar av vaniljglass rann ner för bergssidan till

barnens stora glädje. Tornet återuppstod dock
under följande natt.

Likadant när en jättelik trollslända plötsligt kom
surrande in över stora torget, glufsade i sig några
duvor och sedan försvann mot södra berget. Nemi
var på toaletten och missade tilldragelsen.

Många teorier framfördes om händelserna, som
LSD i stadens dricksvatten, staden hade invaderats
av rymdvarelser, masshypnos via internet och att
händelserna helt enkelt inte ägt rum.

Polisen la snabbt ned utredningarna av det skedda,
alternativt det oskedda. Det är inte olagligt för
späckhuggare att tugga på ekor, eller trollsländor att
äta duvor. Utsiktstornet hade ju återuppstått så
brott gick inte att styrka.

 Trots flera liknande incidenter började ett lugn
lägra sig över stadens invånare.
Visserligen hade ingen mördare infångats men det
verkade som de bestialiska morden hade upphört.

Nedkomst

Allt eftersom Nemis graviditet fortskred, ökade hon och jag pressen på Petra att ordna med någon barnmorska eller läkare, inför den stundande förlossningen.

"Tänk att man skall behöva drivas till kriminalitet", beklagade hon sig vid flera tillfällen. Till slut lyckades hon hitta en gammal stadsläkare, Dr Hammar, i en mellansvensk stad, som mot rundlig ersättning och fritt vivre var villig att åta sig uppdraget.

Petra uppgav att hon hade jobbat med förlossningar och skulle assistera, vilket han var nöjd med.

"Hoppas bara att gubben lever de fyra månader som återstår till förlossningen", muttrade hon när han tackat ja till uppdraget.

Det gjorde han. En vecka före beräknad nedkomst inkvarterades den före detta stadsläkaren på ett av stadens bättre hotell, där han gjorde tappra försök att tömma hotellets bar på förädlade drycker.

Då värkarna började inredde Petra sovrummet till förlossningssal, medan hon muttrade,

"Hur sjutton kunde jag låta mig luras till detta
vansinne. Riskera både Nemis och barnets liv. Jag
kommer att hamna i fängelse".

När värkarna kom tätare och vattnet slutligen gick,
och en frisk lukt av hav spred sig i lägenheten, åkte
jag till hotellet för att hämta läkaren.
Han satt i baren, stupfull. Med hjälp av
hotellpersonal lyckades vi så småningom baxa in
honom i min bil. *Hur i helsike skall jag få upp fyllbulten
till lägenheten, tre våningar upp?*
Som tur var fick jag hjälp av en granne. "Det är min
farbror. Han har lite problem med spriten",
förklarade jag.
   "Det kanske ligger i släkten", svarade han
ironiskt.
Väl uppe i lägenheten lämpade vi av doktorn på
hallgolvet där han sjönk ihop i en snarkande hög.

När jag kom in i sängkammaren låg Nemi på
sängen med ett lakan över överkroppen men var
naken nertill. "Hur går det?"
Nemi fnissade.
   "Var sjutton är läkaren", frågade Petra desperat.
   "I hallen. Han kommer nog att stanna där ett tag.
Jag är rädd att du får sköta det hela med hjälp av
mig."
Nemi fnissade.
   "Jag skjuter mig." Petra nästan grät.
   "Det är ju ditt yrke. Du har ju gjort sånt här
hundratals gånger. Du klarar det hur lätt som
helst".

Jag försökte vara uppmuntrande.

Nemi fnissade.

"Jag är gynekolog, inte barnmorska och jag har aldrig varit med om det i ett vanligt hem. Jag har ju ingen utrustning. Hämta doktorns."

"Han hade inget med sig, mer än en grogg som han spillde ut i bilen", konstaterade jag dystert.

Nemi fnissade nu högljutt mellan värkarna.

"Nu kommer barnet utbrast hon plötsligt."
Och mycket riktigt. Plopp, kom ungen utfarande. Petra hann precis kasta sig fram och få tag på det vilt sprattlande gossebarnet, som även direkt uppgav ett missnöjt vrål. Han gillade väl inte att lämna det varma moderlivet och komma ut i kylan. Den omisskännliga doft av hav som legat över rummet förstärktes.

"Ge mig honom!" Nemi sträckte med ett lyckligt leende ut sina armar efter barnet. Petra inspekterade som hastigast den skrikande väderkvarnen och lade honom sedan till Nemis bröst. Den lilla blev med ens tyst och lugn.

"Det gick ju över all förväntan", log Petra uppenbarligen mycket lättad. "Nu gäller det bara navelsträngen och efterbörden. Du hämtar lite mer rena handdukar och varmt inte hett vatten", kommenderade hon mig.

Efter ytterligare ungefär en timme var allt klart och Petra nöjd. Nemi och lillen sov sött mellan rena lakan. Barnet låg i fosterställning på moderns mage.

"Den där jäkla läkaren skall få sina fiskar varma när han vaknar."

Petra var ordentligt arg och upprörd. Hon nästan
svor. "Jäkla", var ett starkt ord för henne.

"Nej. Ta fram och fyll i alla blanketter, så
behöver vi bara hans namnteckning, när han
kvicknar till."

Jag försökte le lugnande mot henne, men nu när
spänningen släppte, skakade jag i hela kroppen. Till
detta bidrog den fantastiska upplevelsen att få vara
med när ens barn föds. Det påverkade mig på
djupet, tog nästan andan ur mig. En lyckokänsla
som jag kände verkligen förändrade mig som
människa.
När jag hämtat mig något från den starka
upplevelsen bad jag Petra, "Kom och hjälp till. Vi
måste få av fyllbulten ytterkläderna. Sen lägger vi
honom på bäddsoffan. Själva får vi hålla till godo
med varsin fåtölj."

Det blev inte mycket till sömn. Med regelbundna
mellanrum gick jag och Petra växelvis in och tittade
till Nemi och den lilla. De sov båda mesta delen av
tiden. Däremellan diade barnet till synes nöjd med
tillvaron, på Nemis bröst. Även mamman föreföll
tillfreds.

Fram på förmiddagen vaknade fylltratten till,
uppenbarligen svårt bakfull. Jag bjöd på starkt kaffe
och Ramlösa, mat ville han inte ha.
"Du gjorde ett strålande jobb igår. Verkligen
skickligt. Både mor och barn mår bra."

Jag hörde en harkling från Petra som tydligen
tänkte protestera mot vad jag sagt, men jag tystade
henne med en menande blick. Jag var helt säker på
gubben inte skulle ha något som helst minne av
gårdagen.

”Nu återstår bara att du skriver under alla
dokument som visar vilket gott arbete du utfört.
Sen skjutsar jag dig till hotellet så att vi kan lösa ut
dig, och sedan till tåget. Förutom betalningen
tycker jag att du är värd en liten extra belöning, så
jag tänkte att vi kunde stanna till på vägen till
stationen, så köper jag en helflaska trestjärnig
konjak till dig, för att visa vår uppskattning.”

Han skrev, utan att läsa igenom dokumenten och
utan protester, under allt som Petra la fram till
honom. Barnet var nu officiellt vårt. Petra var
mamma och jag pappa.

Att få iväg stadsläkaren gick förvånansvärt lätt.
Förmodligen var det den utlovade hägrande flaskan
konjak som underlättade det hela.

Namngivning

Nu följde en underbar tid. Den lilla gossen sov ofta hos Petra och mig, medan Nemi stod för mathållningen. Barnet växte snabbt och ökade stadigt i vikt. Även Nemi hade lagt på sig lite kvarvarande extra hull från graviditeten. Det klädde henne verkligen.

Nemi överlämnade mer och mer av babyns skötsel till Petra och mig. Hon förberedde sig uppenbarligen att överge sitt förstfödda barn. Jag såg att det var svårt för henne.

"Han skall heta Hermes", fastslog hon.

"Vi måste ordna med dop i GA - kyrkan."

Petra verkade upprymd av tanken.

"Jag tror inte Hermes tål vigvatten".

Nemi såg bekymrad ut.

Petra upprört, "Vad menar du"?

För att lugna ner det hela ingrep jag.

"Varken Nemi eller jag är ju religiösa och egentligen inte du heller."

"Men vi lever ju i ett kristet land med kristna traditioner. Jag är både döpt och konfirmerad och

det är du också vad jag vet. Vi gifte oss i kyrkan
och det skall vi också göra, när vi gifter om oss!"
Där rök min förhoppning om en borglig vigsel.
   "Kyrkbröllop!" Nemis röst speglade olust,
samtidigt som hennes kroppsspråk visade på starkt
obehag.
   "Självklart!"
Petra markerade att det var slutpratat om saken.
För att få oss tillbaka till ämnet föreslog jag, "Kan
vi inte ha en privat namngivningsceremoni i stället?
Vi bjuder hem några bekanta och har en liten
namngivningsfest."
   "Okej då." Petra var missnöjd, men gav med sig.
   "Tål inte vigvatten. Aldrig hört något så dumt i
hela mitt liv", mumlande hon fortfarande lite
upprörd.
Det var inte ofta Petra blev så upprörd. Jag flinade
inombords.
Mina tankar gled iväg.
*Det roade mig att tjejerna var oense om något. Annars
upplevde jag det som att dom ofta bildade en enad front mot
mig. Det var nästan alltid jag som fick ge med mig när jag
hade annan åsikt än en av dom. Dom lierade sig mot mig.
Det störde mig egentligen inte så mycket. Det var ju
fantastiskt att få leva ihop med mitt eget barn och två så
underbara människor, om man räknade Nemi som sådan.
Nu, när hon slutat halshugga eller slita struparna av sin
omgivning, framstod hon som högst mänsklig. Varm,
kärleksfull, tillgiven, oförutsägbar sprallig retsticka i
kontrast till Petras lugna sätt. Följa lagar och konventioner
var viktigt för Petra samtidigt som hon var oerhört tolerant
mot andras tillkortakommanden och felsteg. Hon hade*

*alltid, sedan jag träffade henne för mer än tio år sen, öppet
visat sin kärlek till mig, trots mitt ibland svinaktiga
uppträdande mot henne.*

*På samma sätt visade hon nu öppet att hon älskade även
barnet och Nemi. Jag gissade att det var hennes kärlek till
Nemi och mig kombinerat med en längtan efter ett eget barn
som gjorde att hon gick med på att bryta mot lagen vid
Hermes nedkomst. Det förvånade mig att de två kvinnorna
som var så olika till kynnet och temperament, verkade ha så
roligt och trivdes så bra i varandras sällskap.*

Mina tankar avbröts.

"Vilka skall vi bjuda till ceremonin. Jag gör en
lista." Petra hade plockat fram ett block och en
penna. Saken var tydligen avgjord för hennes del.

"Vi håller oss inom familjen", förslog jag.

"Jag har inga levande släktingar, och du har bara
din syster Eva. Har du någon släkt i närheten
Nemi?"

"Inte i närheten."

"Då blir det ju bara Eva", Konstaterade Petra.

"Och hennes fästman", sa Nemi.

Petra och jag i munnen på varandra, "Har Eva en
fästman"?

"Jag tror det", flinade Nemi, som uppenbarligen
visste mer än vi.

Då slog det mig plötsligt. Eva vet ju att Petra inte
kan få barn. Hur skall vi förklara Hermes?

"Petra, vad vet Eva om din infertilitet?"

Något irriterat, "Hon vet att jag saknar livmoder".

Petras oförmåga att bli gravid var det enda egentliga

känsliga ämnet för henne. Jag tror att hon sörjde djupt i sin själ och ville inte bli påmind om det.

”Hm”, sa jag.

”Hm”, sa Nemi.

”Men dina äggstockar finns kvar?”

”Ja.”

”Det är naturligtvis omöjligt att föda barn utan livmoder”, frågade jag dystert.

”Ja, självklart är det omöjligt. Det hörs ju på namnet! Livets moder.”

”Jag har läst att man kan transplantera livmödrar”, upplyste Nemi oss om.

”Det är bara på försöksstadiet”, påpekade Petra.

”Vet Eva det, att det bara är på försök? Vi kan säga att du fått en livmoder inopererad”, föreslog Nemi.

”Om en kvinna får en livmoder inopererad och sedan blir gravid så blir det stor uppståndelse och stora rubriker i alla medier. Det har bara hänt vid något enstaka tillfälle, på Sahlgrenska i Göteborg.” Petra såg nedslagen ut när hon sa det.

Jag hoppfullt, ”Förstår Eva hur stort det är? Skulle hon inte kunnat missa den nyheten?”

”Din syster är ingen dumbom. Hon håller sig välinformerad om det mesta.” Petra fortsatte,

”Du känner din syster bättre än jag. Vad tror du själv?”

”Hon kan ju söka på internet och få reda på sanningen. Vi törs inte ta den risken.” Mitt humör sjönk.

Petra lyste upp. ”Adoption. Vi säger att vi adopterat Hermes.”

”Barnet är alldeles för likt Göran för att hon
skulle gå på det”, konstaterade Nemi.
”Återstår att vi håller oss så nära sanningen som
möjligt och säga att Nemi är surrogatmamma till
Petras och mitt barn.”
Petra såg bestört ut ”Det är olagligt i Sverige”!
”Vi har ju redan brutit mot lagen när det gäller
Hermes tillkomst. Att ljuga för min syster är
knappast olagligt. Problemet är väl snarast att få
henne att hålla tyst om vad hon tror är sanningen så
att myndigheterna inte börjar rota i det hela. Då
kan vi bli åtalade.”
”Jag har en bättre lösning.” Nemi såg glad ut när
hon fortsatte, ”vi säger nästan som det är.
Att Göran är pappan och jag mamman, och påstår
att Petra adopterat Hermes.”
”Hur förklarar vi att mamman, adoptivmamman,
barnet och pappan lever under samma tak?”
undrade jag.
”Enkelt. Eftersom surrogatmödraskap är olagligt
valde vi den här lösningen i stället. Vi säger det, och
att Petra gärna ville ha barn och att jag är olämplig
som mamma, eftersom jag måste lämna barnet
inom snar framtid. Eva vet ju att du och jag har levt
ihop, så att vi haft sex är inget konstigt.”
Nemi såg dyster ut, förmodligen över tanken på att
hon måste lämna oss.
”Okej. Återstår att förklara varför du måste
försvinna.” Petra såg frågande på Nemi. Man såg
att hon ville veta mer om saken än hon redan
visste.

”Vi säger bara att jag har ett straff som jag måste
avtjäna. <u>Du</u> får veta mer när jag är borta. Göran
kommer att berätta alla detaljer.”
Hon såg inte gladare ut. Sedan fortsatte hon,
”Om vi hade haft mer tid på oss skulle jag gärna
föda ytterligare ett barn åt er. Från ett befruktat ägg
från Petra, inplanterat i mig. Med Göran som
pappa naturligtvis.”
”Som jag sa tidigare. Det är olagligt.” Petra såg
tveksamt intresserad ut.
”Mina älskade! Det är bara olagligt enligt rent
juridiska lagar. Under kärlekens lagar kan ibland
sådana saker vara tillåtna. Om jag får möjlighet att
återvända, efter mitt straff, är det en möjlighet.”
Petra såg hoppfull ut.

Petra gick regelbundet till barnavårdscentralen med
den lilla. Oftast följde Nemi med. Jag hade å det
strängaste förbjudit Nemi att göra några
”toalettbesök” vid dessa tillfällen.
   <u>Inga oförklarigheter!</u>”
Trots detta inträffade vid ett tillfälle att några
småttingar i väntrummet unisont börjat sjunga
första versen till Fritjof Anderssons paradmarsch,
”Här kommer Fritjof Andersson, det snöar på hans
hatt...”.
När jag fick reda på händelsen frågade jag Nemi
om hon inte hade hört min förmaning. Det smått
skamsna svaret blev, ”Jag blev kissnödig”.
Jag noterade ett belåtet leende i hennes vackra
ansikte när hon vände sig bort.

När gossen var sex månader bjöd vi till
namngivningsfest. Nemi ville gärna ringa till Eva
med inbjudan vilket vi accepterade, Petra med
någon tvekan.

"Det är ju <u>din</u> syster."

Jag och Petra hörde naturligtvis bara delar av
konversationen.

"Hej Eva, det är Nemi."

Ohörbar röst.

"Göran och Petra skall gifta sig igen."

Ett högt glädjetjut, sedan ohörbart.

"Vi är egentligen bara vänner."

Mummel

"Nej jag vet inte när det blir men ni blir säkert
bjudna."

Ohörbar glatt mummel

"Jag ringer för att bjuda er till namngivningsfest
för deras sex månaders barn."

Ett nytt tjut, sedan lång tystnad följt av lågmält mummel.

"Barnet är adopterat."

Glatt pladder

"Göran mejlar detaljer. Hur är kärlekslivet?"

Petra såg chockad ut. Sånt frågar man väl inte!

Glada skratt och glatt pladder

Nemi fnissade förtjust, "Hejdå Eva. Det skall bli
roligt att träffa er." Varefter hon fortsatte att fnissa
en lång stund.

Både jag och Petra tittade frågande på henne. Vad
var det som var så roligt?

"Dom kommer", var hennes enda leende
kommentar.

Dagen för namngivningen inföll. Eva hade
bekräftat att dom skulle komma två personer. Jag
och Petra var väldigt nyfikna på Evas herrbekant.
Nemi verkade måttligt intresserad. Petra lagade en
massa smårätter, plockmat, av olika nationella
ursprung.
Hermes låg på golvet i vardagsrummet och sov på
en filt.

Samtidigt hade vi fullt sjå att hålla Nemi borta från
spisen. Till alla hennes goda förtjänster hörde inte
matlagning. När hon blev alltför intresserad av vad
som pågick i köket, fångade Petra min blick och
nickade först mot Nemi och sedan i riktning mot
sovrummet. Det var ett angenämt uppdrag att
intressera Nemi för annat än matlagning, för en
stund.

När Petra var klar med maten satte vi oss alla tre i
vardagsrummet och väntade på gästerna. Den lilla
hade fått flytta in till barnsängen i sovrummet.
Plötsligt hördes ett svagt brummande samtidigt
som svaga vibrationer kändes.
   ”Nu kommer dom”, utbrast Nemi glatt.
Ljudet och vibrationerna ökade i styrka under
säkert två minuter, innan det ringde på dörren.
Vi gick alla tre ut i hallen och jag öppnade
ytterdörren. Där stod en lycklig, uppenbarligen
gravid Eva, med en stilig man, som såg grekisk ut,
vid sin sida.

I samma ögonblick fräste det till och det såg ut som
en blixt gick mellan Nemi och mannen varvid
ljudet och vibrationerna upphörde. Allt gick så
snabbt att det mycket väl kunde ha varit en villa.
"Välkomna", hälsade jag.
"Tack! Det här är min fästman Priapos."
"Så trevligt", kvittrade Petra, "Priapos, namne
med fruktbarhetsguden med den väldiga fall...".
Hon avbröt sig rodnande efter att ha kastat en blick
mot mannens skrev. Han gjorde uppenbarligen skäl
för sitt namn.

Jag kramade Eva och handhälsade på Priapos,
"Göran", och fortsatte, "och min blivande fru
Petra", som steg fram och tog i hand.
"Hej, Priapos!" Det var Nemi.
"Hej, Nemesis!"
Jag studsade. Hur kunde han veta hennes namn?
Hon kallades ju alltid bara Nemi.
 Snart började jag dock ana sammanhanget.
 "Ni känner varandra sen tidigare?"
"Vi har mötts tidigare, för tusen år sedan." Nemi
använde en i dag vanlig fras för när man inte setts
på ett tag, men jag anade att hon verkligen menade
vad hon sa.
"Kopplerska", väste jag diskret till Nemi som
svarade lika diskret, "Hermes kommer att få
gudomliga kusiner".
"Jag förstår det."
"Ja. Eva har ju också gudomligt påbrå som du."
"Vad var det för konstigt ljud som hördes när vi
kom?" Eva tittade på mig.

”Det var nog en tvättmaskin som
centrifugerade”, svarade Nemi i mitt ställe.

 När gästerna fått av sig kläderna och tvättat
händerna efter resan, inleddes ceremonin.
Petra hämtade Hermes som protesterade högljutt
mot att bli väckt.
Efter att jag serverat champagne till gästerna och
Petra men fläderblomssaft blandat med ramlösa till
Nemi och mig, tog jag till orda. Med avsikt lät jag
formell för att ge det hela en prägel av vara en
officiell akt.
  ”Vi har samlats här i dag för att deltaga i
ceremonin och bevittna när vår son ges sitt namn.
Han namn skall vara Hermes. Till gudmor har vi i
samråd utsett min syster Eva. Jag ber nu alla
närvarande att som bekräftelse kyssa Hermes
panna, varefter vi utbringar en skål för hans
välgång!”
Hermes var inte road av pussandet och underlät
inte att meddela det.
Nemis ögon var fuktiga.

Efter skålandet, när vi satt till bords, tittade Eva på
mig, ”Det var värst vad Hermes är lik dig”.
  ”Det beror på att det är jag som är pappan.”
  ”Jaahaa?” Hennes min var minst sagt frågande.
  ”Du kanske undrar vem som är mamman?”
Eva nickade generat och harklade sig.
Med ett leende deklarerade Nemi ”Det är jag”.

Den chockade och oförstående minen hos min syster var obetalbar. Både Petra, Nemi och jag brast ut i skratt. Även Priapos såg road ut.

Min blivande hustru förbarmade sig över Eva.

"En av mina högsta önskningar är ett eget barn. Men du vet ju att jag inte kan föda barn och surrogatmödraskap är förbjudet. Därför var Nemi vänlig nog att föda ett barn åt oss, som jag kunde adoptera. Göran är pappan. Så enkelt är det."

Jag fyllde i, "Och om du undrar så tillkom barnet på naturlig väg. Inte genom provrörsbefruktning."

"M...men Nemi då. Lämna bort sitt barn? Och jag trodde att Göran och Nemi var ett par."

"Jag är av flera skäl olämplig som mamma, och jag är tvungen att resa bort och vara borta under väldigt lång tid. Göran och jag är mest vänner, nu för tiden."

"Mest?" Eva såg konfunderat på Petra, Nemi och mig.

Alla tre log mot henne, men kommenterade inte hennes chockerade undran.

"Snyggt!" Priapos log.

Eva såg fortfarande förvirrad ut, men vågade tydligen inte frågade mer.

Petra undrade, "Hur träffade du din fästman, Eva"?

"Det var Nemi som rekommenderade mig en semester på Kreta. Hon berättade också om en jättetrevlig taverna, i antik grekisk stil, i Heraklion. Det var där jag träffade Priapos och blev kär. Nu är jag gravid och han har flyttat in hos mig i Kiruna." Hon strålade. Även Priapos log brett.

"Priapos, du pratar svenska?" Petra såg frågande
på honom.
Han log. "Jag har varit i Sverige tidigare".

Kvällen fortsatte med glatt småprat om alldagliga
ting och allmänt skvaller tills Eva sa.
   "Den där förfärliga mördaren tycks i alla fall ha
försvunnit från stan."
Jag kände hur jag stelnade till.
   "Tack och lov", log Nemi.
Priapos tittade på Nemi och flinade brett.
Det blev en trevlig kväll där även Hermes deltog
med sitt joller, efter att ha serverats en varm måltid
vid Nemis barm.

På sena kvällen försvann gästerna med löfte att få
komma till Petras och mitt kyrkbröllop, även om
Priapos var tveksam till att delta i kyrkan.
 Vi blev även inbjudna till barndop hos dom,
borgligt enligt Priapos bestämda begäran.

Avsked

Hermes utvecklades snabbt till en livlig
upptäcktsresande, i takt med att hans mobila
förmågor ökade. Han lärde sig snabbt att krypa,
eller om han hade bråttom, hasa på rumpan. Och
snart kunde han ställa sig upp. Hermes hade ett
stort litterärt intresse, vilket han visade genom att
"läsa" de böcker i bokhyllan, som han nådde upp
till. Vi kände oss efterhand tvungna att begränsa
hans litteraturstudier, genom att successivt
utrymma de nedersta hyllorna.

Hans verbala förmågor utvecklades också snabbt.
En ständig ström av mer eller mindre begripliga ord
flödade genom lägenheten. När han var missnöjd,
vilket faktiskt inte hände så ofta, kunde han med
lätthet konkurrera ut larmsignalen Hesa Fredrik.

Alla vi tre vuxna följde kärleksfullt hans utveckling.
Vi skrattade och pratade om hans försök att lära sig
nya saker och åt hans framsteg.
En verkligt lycklig tid.

Men efterhand som tiden gick började en tilltagande oroskänsla göra sig gällande hos mig. Jag fick ont i magen och började bli lättirriterad.

En dag sa Petra, "Göran, jag vill inte heller att hon lämnar oss. Men vi kommer i alla fall att ha barnet och vår kärlek till varandra".

Hon hade läst av mig innan jag själv fattade vad som orsakade mina problem.

Jag beslöt i alla fall att göra ett sista försök att få Nemi att stanna.

"Jag kommer inte att klara av att du lämnar oss. Petra vill inte heller att du försvinner."

"Göran. Om det stod i min makt skulle jag stanna hos er. Men jag måste återvända. Olympen är mycket vredgad över min olydnad. Om det är möjligt skall jag återvända till er i mänsklig skepnad, men jag vet inte vad mitt eller mina straff kommer att bli, så något löfte kan jag inte utfärda. Du och Petra har varandra och barnet. Var nöjd med det till vi två möts i min värld. Oavsett mitt straff kommer jag att vaka över er. Det kan man inte hindra mig ifrån. Ni har mitt gudomliga barn och du är dess far."

Hon lät sorgsen.

En kväll när barnet var nästan ett år, kom Petra på gränsen till panikslagen in till mig i sovrummet. Nemi lekte i vardagsrummet med den lilla som gurglade av förnöjda skratt.

"Vad har hänt", frågade jag oroligt.

"Tyst, Nemi kan höra oss", viskade hon.

"Jaha."

”Jag hörde att Nemi lekte med barnet som
verkade ha jätteroligt. Jag smög fram, eftersom jag
inte ville störa, för att se vad dom gjorde. Då fick
jag se barnet hängande i luften utan att Nemi höll i
det. Så petade hon till pojken så att han snurrade
runt sig självt, fritt i luften. Den lilla tyckte det var
jätteroligt.”
Jag visste att nu var tiden mogen. Nemi skulle inte
låta sig avslöjas annars. ”Ja, det är väl bra att
Hermes har roligt.”
Petra tittade på mig med förvåning som övergick i
fasa. ”Barnet hängde fritt i luften! Det är ju
omöjligt! Vad vet du om det här?”
    ”Petra! Ingenting är omöjligt när det gäller Nemi.
Kommer du ihåg när du opererat henne och jag
frågade dig om du trodde att Nemi var
övernaturlig.”
    ”Ja det minns jag. Men jag tror inte på sånt.”
    ”Från och med nu kommer du att göra det. Det
är dags för Nemesis att lämna oss och återvända till
den andliga världen.”
Hon stirrade på mig, ”Du är ju inte riktigt klok”.
    ”Du såg själv, och hon hade inte visat dig om
hon inte var redo att lämna oss. Gå och hämta
Hermes. Vi behöver sova.”
När Petra på darriga ben gick för att hämta barnet
log Nemi varmt hon henne, ”Jag älskar er alla tre”,
sa hon när hon räckte över barnet till Petra.

Klockan var ungefär tre på morgonen när Petra
och jag vaknade av ett kraftigt brus. Rummet var
upplyst av ett underligt blåvitt sken som utgick från

en vingförsedd kvinnlig varelse som svävade vid sängens fotända. I ena handen höll hon ett svärd och i ett bälte hängde ett gissel. Petra kramade om min arm samtidigt som hon snyftade av rädsla. Varelsen talade, rösten var Nemis.

"Var inte rädda. Tiden har kommit när jag måste lämna er mina kära. Jag skall vaka över er så länge ni lever."

Så kom ett våldsamt dån och vi måste ha förlorat medvetandet. När vi vaknade följande morgon var Nemi borta och alla spår efter henne. Alla kläder, smycken, hygienartiklar och papper. Allt! Det enda som visade att hon existerat var förutom barnet, min systers lerskål som fortfarande var hel, en kappsäck med en ofantlig summa pengar, samt ett tomt paket nyligen uppäten chokladglass.

Petra grät nästan hela dagen. Jag också periodvis.

"Jag saknar henne så oerhört", snyftade hon.

"Jag med. Men kom ihåg. Hon var ingen människa. Hon tillhörde en annan värld. Förutom vi två och barnet betyder människor ingenting för henne."

Att hon i själva verket hade varit en brutal exekutor, vars uppgift var att straffa människor som led av hybris eller andra dödsynder med döden, förändrade inte att jag älskade henne bortom all sans.